ESCENAS DE PASIÓN

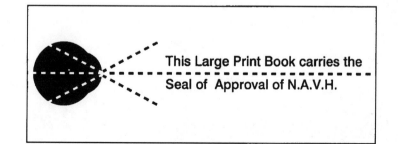

This Large Print Book carries the Seal of Approval of N.A.V.H.

ESCENAS DE PASIÓN

SUZANNE BROCKMANN

Thorndike Press • Waterville, Maine

Título original: Scenes of Passion
Publicada originalmente por Silhouette Books.

Published in 2004 by arrangement with Harlequin Books S.A.
Publicado en 2004 en cooperación con Harlequin Books S.A.

Thorndike Press® Large Print Spanish.
Thorndike Press® La Impresión grande española.

The tree indicium is a trademark of Thorndike Press.
El símbolo del árbol es una marca registrada de Thorndike Press.

The text of this Large Print edition is unabridged.
El texto de ésta edición de La Impresión Grande está inabreviado.

Other aspects of the book may vary from the original edition.
Otros aspectros de éste libro podrían variar de la edición original.

Set in 16 pt. Plantin.
Impreso en 16 pt. Plantin.

Printed in the United States on permanent paper.
Impreso en los Estados Unidos en papel permanente.

Library of Congress Cataloging-in-Publication Data

Brockmann, Suzanne.
    [Scenes of passion. Spanish]
    Escenas de pasión / Suzanne Brockmann.
       p. cm.
    ISBN 0-7862-6800-X (lg. print : hc : alk. paper)
    1. Large type books.   I. Title.
PS3552.R61455S3418 2004
   813′.54—dc22   2004047379

ESCENAS DE PASIÓN

Capítulo Uno

La autopista 95 volvía a estar atascada. Maggie Stanton, sentada al volante de su coche, estaba demasiado cansada como para hacer cualquier cosa excepto respirar.

Quizá cansada no fuera la expresión exacta. Quizá hubiera que decir desanimada o hundida.

Daba pena. Era un felpudo, una birria sin vida propia.

Tenía veintinueve años y vivía con sus padres. Había tenido que volver con ellos cuando se le incendió el apartamento.

Sin embargo, eso fue hacía tres años.

Primero, su madre le pidió que se quedara para ayudarla con la boda de Vanessa. Luego, llegó el 11 de septiembre y su padre le pidió que se quedara un poco más, hasta que pasó otro año.

Ya había llegado el momento de marcharse, ya rozaba lo absurdo, pero su madre no paraba de decir que sería una tontería marcharse cuando estaba a punto se casarse.

Sin embargo, tampoco era cuestión de ir

encargando las invitacioes. Lo normal era que para casarse la novia estuviera enamorada de su novio, ¿no?

Aunque era posible que aquella decisión también la tomaran sus padres, como habían tomado todas las decisiones importantes en su vida. Ella los miraría, asentiría con la cabeza y sonreiría.

Era una fracasada.

Sonó el teléfono móvil y la salvó de llegar a sentir lástima de sí misma.

—¿Dígame?

—Hola, pichoncito.

Quiso morirse en ese instante. Estaba saliendo con un hombre que la llamaba pichoncito. En realidad, no estaba saliendo, estaba, como decía su madre, medio comprometida.

Efectivamente, Brock «Pichoncito» Donovan le había pedido que se casara con él y ella le había dado largas durante las últimas semanas, lo cual había resultado ser un error tremendo. Tendría que haberle dicho rotundamente que no y salir dando gritos de la habitación. Sin embargo, como era una pusilánime y nunca gritaba, lo había pospuesto. Había pensado que ya encontraría el momento y el lugar adecuados para romper con él sin hacerle daño. En vez de hacerlo, se lo había contado a Vanessa, su hermana mayor, que estaba casada con el que fue compañero de habitación de Brock en la universidad. Vanessa se lo contó a sus padres y...

Todo fue rodado. Su madre compró la revista *Novias* y empezó a negociar con el hotel Hammonasset.

Sus padres estaban tan nerviosos que querían hacer una fiesta de compromiso para proclamarlo a los cuatro vientos. Afortunadamente, el único día que su madre tenía libre era aquel sábado, el día que la compañía de teatro de Eastfield seleccionaba los actores para la representación de verano.

Un día en el que no se podía organizar nada.

El teatro era lo único en lo que había sido enérgica. Sus padres habían querido que fuera a Yale y ella había ido a Yale en vez de ir a la escuela de arte dramático de Emerson. Yale tenía un departamento de teatro sensacional, pero sus padres le habían dado tanto la lata sobre los artistas que se mueren de hambre, que se había especializado en derecho mercantil. Después de la universidad, siguieron dándole la lata y se especializó en administración de empresas en vez de trasladarse a Nueva York para intentar conseguir un papel en una serie de televisión. Su padre quería que ella trabajara en el despacho de abogados de Andersen & Brenden en el propio New Haven y eso hacía.

Lo que hacía era estar metida en un atasco después de un día agotador en A&B. Encima, estaba medio comprometida con un hombre que la llamaba pichoncito.

Era una pusilánime.

—Sigo en el trabajo —le decía Brock al otro lado del teléfono—. Esto es una locura. No voy a poder quedar, cariño. No te importa, ¿verdad?

En realidad, se había llevado la bolsa del gimnasio a la oficina a pesar de que había quedado a cenar con Brock. Era muy normal que Brock cancelara la cita o llegara tarde al restaurante.

Aquella era la noche que tenía pensado romper con él. Con delicadeza, sin gritos y haciéndole el menor daño posible.

Efectivamente, sintió un alivio enorme porque era una gallina. También se dio cuenta de que se sentía fastidiada. Aquel hombre aseguraba que la amaba, sin embargo, la forma de cortejarla era cancelando las citas en el último momento una y otra vez.

—Te llamaré mañana —le dijo Brock—. Tengo que salir corriendo.

Ya había colgado antes de que ella pudiera decir algo.

Brock era un hombre apuesto con el pelo rizado y un hoyuelo en la barbilla, igual que un actor de Hollywood. Además, como no paraba de repetir la madre de Maggie, tenía seis semanas de vacaciones al año.

Claro, una vacaciones largas eran un buen motivo para casarse con un hombre.

Angie ya le había dicho que tuviera cuidado. Su mejor amiga del instituto estaba convencida de que si no se andaba con ojo, una mañana se despertaría casada con Brock. Sin embargo, Angie era Angie. Su objetivo en la vida era no estarse quieta. Acababa de casarse con un inglés y vivía en Londres, donde trabajaba como regidora de escena en un teatro. Tenía un trabajo y un marido de ensueño. Freddy Chambers, un británico de aspecto tranquilo, era la pareja perfecta para el temperamento apasionado y desbocado de Angie Caratelli.

Seguramente, ese también era el motivo por el que las dos se había llevado tan bien.

Ya hacía más de diez años, pero seguía echando de menos el instituto. Angie, su novio Matt Stone y ella, todos de la compañía de teatro, habían sido inseparables y la vida les parecía una fiesta interminable llena de risas y alegría. Bueno, menos cuando Angie y

11

Matt discutían, que era un día sí y otro también, porque Matt era tan voluble como Angie.

Matt se habría quedado tan espantado como Angie si se hubiera enterado de que trabajaba como abogada mercantil y de que su despacho ni siquiera tenía una ventana. Sin embargo, él había desaparecido hacía diez años, cuando terminaron aquel curso. Su amistad con Angie no había sobrevivido a la última y devastadora ruptura y nunca volvió por el pueblo.

Ni siquiera cuando murió su padre hacía unos años.

Ella era la única que seguía viviendo en el pueblo. Como era una pusilánime, le gustaba vivir en el pueblo donde había vivido casi toda su vida. Aunque soñaba con dejar de hacerlo.

Angie le decía una y otra vez que tenía que dejar el trabajo, abandonar a Brock y fugarse con esa especie de Tarzán musculoso y melenudo al que había echado el ojo en el gimnasio. Cuando apareció por el gimnasio, Angie y ella habían empezado a llamarlo el hombre de la selva. La primera vez que lo vio estaba haciendo abdominales colgado de una barra por las rodillas.

El pelo largo, liso y color miel le caía como

una cortina rutilante mientras él subía y bajaba sin ningún esfuerzo.

No había conseguido verle claramente la cara, pero lo que había vislumbrado era todo ángulos, pómulos y una barbilla firme y perfectamente afeitada.

Podía imaginárselo dirigiéndose hacia ella por encima de los coches que estaban bloqueados en la autopista 95.

Avanzaría a cámara lenta, todos los hombres como él lo hacían, al menos en las películas. Se le notarían los músculos a través de la camiseta, los vaqueros se ceñirían a las caderas, el pelo le caería sobre los hombros, la boca sensual esbozaría una leve sonrisa y los ojos verdes con destellos dorados tendrían un brillo arrebatador.

Se bajaría felinamente de la capota del coche y abriría la puerta del conductor.

—Yo conduciré —diría con una especie de susurro ronco pero aterciopelado y seductor.

Ella se arrastraría por encima del freno de mano. No, en su fantasía no podía arrastrarse. Pasaría elegantemente al asiento del pasajero y cedería el volante al hombre de la selva.

—¿Adónde vamos?

Él sonreiría irresistiblemente.

—¿Acaso importa?

Ella no dudaría.

—No.

Sus ojos maravillosos rebosarían de pasión y satisfacción y ella sabría que iba a llevarla a algún sitio donde nunca había estado.

—Perfecto.

El coche de atrás le tocó la bocina.

¡Vaya! Los coches estaban moviéndose.

Encendió el motor y puso el intermitente de la derecha para dirigirse a la salida que la llevaría al gimnasio.

Si tenía mucha suerte, a lo mejor podría echar un vistazo al hombre de la selva y la tarde no habría sido un desperdicio completo.

Era una fracasada de tomo y lomo.

Matt Stone necesitaba ayuda.

Había vuelto a Eastfield hacía menos de dos semanas y no podía seguir fingiendo que era capaz de apañarse solo.

Su padre se había propuesto fastidiarlo incluso después de muerto. Le había dejado una fortuna y el destino de los doscientos veinte empleados de la fábrica de patatas fritas siempre que estuviera dispuesto a pasar por el aro.

Si fuera por él, su padre podía llevarse todo el dinero al infierno, pero ¿qué pasaría con los empleos de aquellas doscientos veinte buenas personas?

Por ellos, aprendería a pasar por los aros que fueran necesarios.

Aun así, necesitaba un abogado. Necesitaba a alguien con mentalidad empresarial. Necesitaba a alguien de confianza.

Necesitaba a Maggie Stanton.

La había visto un par de veces en el gimnasio, pero ella siempre iba con prisas. La había visto la noche anterior mientras ella lo miraba disimuladamente. No era descarada, pero lo miraba reflejado en los espejos cuando hacía estiramientos.

Ella no lo había reconocido y él no sabía si sentirse insultado o halagado. También era verdad que él había cambiado bastante.

Ella, sin embargo, estaba exactamente igual. Ojos azules, pelo castaño, una cara dulce de buena chica con una barbilla de duendecillo, pecas en la deliciosa nariz...

Era un crimen que se hubiera licenciado en Derecho en vez de irse a Nueva York para trabajar en Broadway. Tenía una voz que siempre le había asombrado y verdadero talento para actuar. Además, bailaba maravillosamente.

Se hizo con todos los papeles principales

en los musicales del instituto, incluso cuando era una novata. Hicieron juntos de Tony y María en *West Side Story*. Era la primavera de su último curso y el final de su amistad con Angie y Maggie.

Angie sabía por qué.

Maggie y él tenían que besarse en el escenario como Tony y María. Eran unos besos apasionados, alteradores y sin barreras. Cuando se dieron el primero, él había seguido las instrucciones del director, había tomado a Maggie entre los brazos y la había besado con el deseo reprimido e insatisfecho de su personaje.

Maggie se había transformado en María y le había devuelto el beso ardientemente, estrechándose contra él y...

Él tuvo que dejar de intentar convencerse de que no se había enamorado de la mejor amiga de su novia.

Naturalmente, Angie lo supo. Maggie fue la única que no lo supo.

Era muy posible que nunca lo hubiera sabido. Aunque también era posible que se hubiera enterado y que estuviera tan enfadada con él como Angie.

En ese caso, seguramente no contestaría sus llamadas telefónicas.

Sin embargo, tendría que insistir porque

necesitaba a Maggie Stanton y esa vez no iba a aceptar una negativa.

Maggie, cargada con carpetas, se arrastró a la oficina a las cinco de la tarde del día siguiente después de una reunión de seis horas con un cliente.

Arrancó las hojas con los mensajes teléfonicos que había recibido y se las llevó a lo que había sido un armario y en ese momento era su despacho. Cerró la puerta, dejó las carpetas en la única silla y extendió las hojas con los mensajes en la mesa que tenía delante.

Brock había llamado dos veces. Siete de los mensajes eran de clientes que conocía y había tres que no sabía quiénes eran.

Sobre la mesa había una pila de carpetas nuevas con una nota encima que le pedía que se ocupara de ellas antes del día siguiente.

Claro, no pasaba nada, se quedaría hasta medianoche...

Maggie apoyó la cabeza en la mesa.

–Detesto este trabajo –susurró mientras deseaba tener el valor suficiente como para decirlo en voz alta y que Andersen o Brenden la oyeran.

Llamaron a la puerta.

Maggie levantó la cabeza. En ese momento, el hombre de la selva entraría en escena.

—Adelante —diría ella.

La puerta se abriría y él la miraría con aquellos ojos verdes con destellos dorados. Entraría y cerraría la puerta.

—¿Preparada para marcharnos?

Ella no lo dudaría.

—Sí.

Él sonreiría y extendería la mano. Ella la tomaría, se levantaría y...

La puerta se entreabrió y Janice Green, la recepcionista, asomó la cabeza.

—¿Sigues ahí?

—Sí —contestó Maggie—. Sigo aquí.

—Te has dejado uno —Janice le dio una hoja con otro mensaje telefónico.

—Gracias —Janice estaba saliendo cuando Maggie echó una ojeada al papel—. ¡Eh! Espera un segundo, por favor. ¿No ha dejado ningún número?

Matthew Stone, decía la nota con la nítida caligrafía de Janice.

—Él dijo que tú lo sabrías. Lo siento debería haber...

—No —le tranquilizó Maggie—. No pasa nada.

El único número de teléfono que ella sabía era el de la enorme casa junto al mar del padre de Matt.

Janice cerró la puerta y Maggie empezó a marcar aquel número, pero colgó inmediatamente.

Siempre se había sentido un poco incómoda porque se había puesto del lado de Angie cuando tuvo la gran y definitiva discusión con Matt, la que significó su ruptura y el final de su propia amistad con Matt.

Angie nunca le había explicado claramente lo que había hecho Matt.

Todo lo que ella sabía era que Matt y Angie habían tenido la discusión de su vida poco después de que empezaran los ensayos de *West Side Story*.

Angie había ido corriendo a su casa para que la consolara y poco después también había aparecido Matt.

Supo que Matt había bebido por el olor a whisky, lo cual la asustó porque normalmente bebía cerveza.

—¿Estás bien? —le preguntó ella en el porche.

Matt se había sentado en un escalón y ella supo que algo iba realmente mal mientras se sentaba a su lado. Además de que hubiera bebido mucho, parecía ansioso y desasosegado.

Era incapaz de mirarla a los ojos.

–Maggie tengo que decirte una cosa.

–¡Lárgate inmediatamente, malnacido!

Ella se volvió y vio a Angie que estaba en la puerta con los ojos como ascuas y los brazos cruzados.

Matt dejó escapar un juramento en voz baja.

–Tenía que haberme imaginado que estarías aquí.

Ella miró a Matt y a Angie con sensación de impotencia y se levantó.

–Mirad, chicos, será mejor que vaya dentro. Esto no es de mi incumbencia.

Matt empezó a reírse y Angie le dio una patada en la espalda. Matt cayó hasta los arbustos y se puso furioso.

–¡Maldita sea!

–¡Aléjate de mí! –le gritó Angie–. Aléjate también de Maggie. Te lo advierto, Matt.

Ella nunca había visto tanta acritud en los ojos de su amiga. Matt apartó la mirada de Angie y la dirigió hacia ella.

–Quiero hablar contigo. Solos. ¿Darías un paseo en coche conmigo? Por favor.

–No dejaría que diera un paseo en coche contigo ni aunque estuvieras sobrio –exclamó Angie–. Lárgate, desgraciado.

–No hablaba contigo –le replicó Matt–. ¡Cierra el pico! –se volvió hacia ella–. Vamos,

Maggie. Si no quieres que conduzca, podemos ir andando.

–Lo siento –había dicho ella mientras Angie la arrastraba dentro.

Después de aquello, sólo vio a Matt durante los ensayos.

Ella lo había apremiado para que arreglara las cosas con Angie, pero él se limitaba a sonreír.

–Sigues sin entenderlo, ¿verdad? –le había preguntado Matt.

Al final lo entendió, Angie y él habían roto y aquella amistad a tres bandas había terminado.

Al año siguiente, Matt se fue a la universidad, Angie encontró otro novio y la vida siguió su curso. Ella siguió la pista de Matt durante algún tiempo.

La última dirección que supo de Matt fue cuando vivía en Los Ángeles, hacía casi siete años. Desde entonces, no volvió a saber nada de él, como si se lo hubiera tragado la tierra.

Sin embargo, había vuelto.

Maggie descolgó el teléfono y marcó.

Sonó cuatro veces antes de que contestara una voz casi sin aliento.

–Dígame.

–Hola, Matt.

–¡Maggie! –la voz denotaba una alegría

21

sincera–. Gracias por contestar a mi llamada tan pronto. ¿Qué tal estás?

Fatal, pensó ella.

–Muy bien. Bienvenido a la costa este.

–Ya, bueno... –la voz le pareció abatida–. La verdad es que estoy en Eastfield por unos asuntos y, mmm, en parte te llamo por eso. Quiero decir, aparte de porque quiera verte. ¡Caray, es como si hubieran pasado siglos!

–Pareces el mismo de siempre.

–Vaya. ¿De verdad? Es un poco aterrador.

Maggie se rió.

–¿En qué tipo de asuntos andas metido ?

–Asuntos de herencia –le contestó Matt–. ¿Puedes cenar conmigo esta noche? Voy a pedirte un favor enorme y prefiero no hacerlo por teléfono.

–¿Cómo de enorme es el favor?

–Como de unos veinticinco millones de dólares.

Maggie se quedó pasmada.

–¿Qué?

–De verdad, prefiero esperar y hablarlo contigo cara a cara. ¿Qué te parece si te recojo a las seis y media?

Maggie miró el montón de carpetas que tenía sobre la mesa.

–Mejor un poco más tarde. Todavía me queda un rato en el despacho y esperaba pasar por el gimnasio esta tarde. Quiero ir a una clase que termina a las ocho. ¿Te parece muy tarde?

–Está bien. Esta noche es la clase de baile que te gusta tanto. Te he visto por allí.

–¿Me tomas el pelo? ¿Me has visto en el gimnasio y no me has saludado? –Maggie no podía creérselo–. Muchas gracias.

–¿Tú no me has visto?

–Por Dios, Matt. Si te hubiera visto, te habría saludado.

Matt se rió.

–Te creo que no me hayas reconocido. He ganado algo de peso.

–¿De verdad?

–¿Por qué no nos encontramos en el gimnasio? –le preguntó él–. Podemos tomar algo sano en la cafetería.

Maggie gruñó.

–Claro, ¿desde cuándo tomas algo sano Don Patatas Fritas y Queso?

Matt se rió.

–Te veré después de las ocho.

Maggie se perdió la clase de baile gracias a las carpetas. Eran las ocho y cuarto cuando entró en el aparcamiento del gimnasio.

Allí estaba el hombre de la selva. Estaba

apoyado en la pared al lado de la puerta. Llevaba pantalones vaqueros y una camiseta blanca, como en su fantasía.

Sin embargo, esa vez era real.

Parecía como si estuviera esperándola, pero tendría que pasar de largo porque ya había hecho esperar bastante a Matt y le espantaba retrasarse.

Cuando avanzó hacia él, el hombre de la selva se separó de la pared. El pelo le caía sobre los hombros limpio y brillante. Tenía un pecho y unos hombros increíblemente anchos y las mangas de la camiseta apenas abarcaban los brazos.

El rostro era dos veces más atractivo de lo que se había imaginado; aunque tampoco lo veía con mucha claridad por la penumbra.

Sonrió cuando ella se acercaba y se dio cuenta de que tenía unos pómulos que eran una obra de arte. Además, la barbilla, la sonrisa con unos labios tan bien formados, los ojos marrones con tonos dorados que eran... ¡eran los ojos de Matt!

Maggie se quedó muda.

Matthew...

El hombre de la selva de sus fantasías era su viejo amigo Matt.

Era verdad que había ganado peso, pero todo era de puro músculo.

–Hola, Maggie.

–Hola, Matt –dijo como si tal cosa–. Siento haber llegado tarde.

–No importa. Me alegro de verte. Estás maravillosa, por cierto.

–Todavía aparento catorce años. Tú también estás muy bien. Claro que te había visto por aquí, pero no te había reconocido.

–Ya, bueno, he cambiado mucho –dijo él con unos ojos que se tornaron serios repentinamente.

Maggie tuvo que mirar a otro lado porque se sintió incómoda con ese Matthew Stone de tamaño adulto. Por algún motivo, había esperado al chico que había conocido en el instituto. Aquel hombre no solo era más alto y más grande, sino que también había perdido la energía incontrolada de entonces. El joven Matt no podía estarse sentado durante más de un par de minutos, iba de una butaca a otra y fumaba un cigarrillo tras otro.

Aquel hombre transmitía una solidez serena, una calma inquebrantable. Por eso no lo había reconocido, al margen de los músculos y la melena.

Matt le sonrió, no era una de sus sonrisas displicentes, sino una sonrisa rebosante de alegría.

–Te he echado de menos –le dijo él.

—Yo también te he echado de menos, pero ahora tengo que ir al cuarto de baño. A estas horas, el viaje desde New Haven es muy largo.

—No te preocupes. Iré a la cafetería. ¿Quieres que te pida algo?

—Sí, gracias —contestó ella mientras él le sujetaba la puerta. Otra novedad, Matt le cedía el paso...— ¿Me pides una ensalada?

—Con aliño italiano —dijeron los dos a la vez.

—Hay cosas que no cambian nunca —dijo Matt con una sonrisa.

Capítulo Dos

Cuando Maggie entró en la cafetería, Matt estaba en la barra charlando con tres jóvenes universitarias. Como había dicho él, había cosas que no cambiaban nunca.

Se volvió como si hubiera sentido los ojos de Maggie clavados en la espalda y se disculpó precipitadamente. Se acercó a ella con una sonrisa que iluminaba su atractivo rostro.

–Hola.

La tomó de la mano, la llevó a la mesa y le separó la silla.

Maggie lo miró como si esperara que fuera a quitarle la silla para que se cayera y poder reírse de ella.

Sin embargo, Matt sonrió y se sentó en su sitio. Delante tenía una ensalada y un plato de verduras cocidas. El chico de las hamburguesas estaba comiendo verduras...

–Antes de que empecemos a hablar de favores de veinticinco millones de dólares –dijo Maggie–, me muero de ganas por saber lo que has estado haciendo durante la última década.

¿Dónde estaba la cerveza? Desde que tenía diecisiete años, Matthew Stone no se sentaba a comer si no era con un cigarrillo y una cerveza.

—Tardaría diez años en contarte toda la historia —replicó Matt con una sonrisa mientras atacaba la ensalada.

—¿Sigues fumando? —le preguntó Maggie.

—No, lo dejé hace tres años. También dejé de beber y me hice vegetariano. Verás... bueno, me puse enfermo y sentí la necesidad de hacer algo para sentirme mejor. No sé si realmente sirvió de algo, pero sí me ayudo mentalmente, ¿entiendes?

—¿Cuánto tiempo estuviste enfermo?

Matt sacudió la cabeza.

—Mucho tiempo. ¿Te importa que no hablemos de eso? No es que... tengo mis supersticiones sobre el asunto... Bueno, preferiría...

—Lo siento. Naturalmente, no tienes por qué... Yo tenía una dirección tuya en California.

—Sí... Bueno, pasé una temporada por el sudoeste. Justo después de que mi querido padre me pusiera de patitas en la calle. ¿Lo sabías?

Maggie sacudió la cabeza.

—No.

–Tuve un problema en uno de los colegios universitarios y él ni siquiera escuchó mis argumentos. También es verdad que era el cuarto colegio que me pedía amablemente que me marchara, pero aquella vez yo no tuve la culpa. Aun así, me dijo que no volviera a pisar la puerta de su casa.

–Es tremendo.

–En realidad, me vino bien. Por fin aprendí a cuidarme de mí mismo. Durante un tiempo fui de aquí para allá. Actué un poco y me pagaron por ello. Mis mejores papeles fueron en un café teatro de Phoenix. Representé dos obras, *La gata sobre el tejado de cinc* y *Ellos y ellas.*

–Es maravilloso. ¡Te pagaron por actuar! –Maggie le sonrió y Matt le devolvió la sonrisa.

–Bueno... Tampoco era tan maravilloso. No te pagaban mucho; tenía que lavar platos y...

Se encogió de hombros.

–La primera actriz...

–Efectivamente.

Matt la miró y ella sintió un punzada en el estómago. Tuvo que mirar hacia otro lado. Durante mucho tiempo se había preparado para no sentir otra cosa que amistad hacia Matt y esa especie de atracción física le parecía antinatural y extraña.

Los ojos le brillaban burlonamente.

–Tengo una historia que te encantará –siguió Matt–. Cuando estaba en Los Ángeles, entré en contacto con un agente. Era un tipo sórdido. Me dijo que podría conseguirme trabajo en algunas películas. Nada del otro mundo, pero sí algunos papeles. Aun así, a mí me parecía increíble trabajar en el cine... El caso es que me mandó a una audición.

Maggie asintió con la cabeza sin quitarle la vista de encima. Matt intentaba contener la risa. A ella le parecía increíble que hiciera diez años que no lo veía. Le parecía de lo más natural estar charlando con él.

–Llegué y comprobé que no era algo multitudinario –continuó Matt–. Ya sabes, no había otros cuatrocientos tipos como yo que aspiraban al papel. Es más, salió el director, me estrechó la mano y me llevó al estudio. Yo estaba atónito. Tenían montadas las cámaras y el equipo de sonido en un escenario que era una sala. Era como un típico hogar americano sacado de un comedia costumbrista –se paró y dio un sorbo de agua–. Puedes imaginarte mi asombro cuando el director me dijo que me desnudara.

–¿Qué?

–Lo que oyes –Matt sonrió–. No tardé

mucho en comprenderlo. Pedí que me enseñaran el guión y se llamaba *Los canallas se lo montan*, no me olvidaré jamás. Era una película pornográfica. No era una audición, iban a rodarla ese mismo día. ¿No te parece aterrador?

Maggie se rió. El pobre Matt creía que iba a tener un papel en una película importante.

—¿La hiciste?

Matt se atragantó con el agua y fingió que la miraba ofendido.

—No, gracias. No la hice.

Ella seguía riéndose.

—Tus últimos diez años han sido mucho más emocionantes que los míos.

—Tú te licenciaste en Derecho en Yale y te especializaste en administración de empresas. Se te incendió la casa y volviste con tus padres. Durante cuatro años saliste con un tal Tom y ahora sales con un tipo que se llama Brock Donovan. Fuiste protagonista en *Oklahoma, Carrusel, Siete novias para siete hermanos, Superman, El novio, Levando anclas* y una más... ¿Cómo se llamaba?

—*Lil' Abner* —Maggie estaba impresionada—. ¿Por qué lo sabes?

Él cerró los ojos y se puso las yemas de los dedos en la frente.

—Matthew lo sabe todo —contestó él con

un exagerado acento europeo –. También sé que Angie está casada –añadió con su voz normal.

Había algo en el tono de su voz y en su rostro que Maggie no podía interpretar.

–Sí. Freddy está muy bien. Te gustaría, pero es un fastidio que vivan en Londres.

–Tiene que resultarte difícil. Angie y tú os mantuvisteis muy unidas, ¿verdad?

Maggie asintió con la cabeza.

–La echo de menos.

–Alguna vez te dijo...

–¿Qué?

Matt sacudió la cabeza.

–Por qué rompimos. Bueno, ahora me parece tan tonto...

Matt la miraba y ella sintió que se ruborizaba.

–¿Por qué rompisteis? –le preguntó ella.

–A lo mejor te lo digo en otro momento –contestó él.

La miraba con calidez, ardientemente, casi como en su fantasía.

Maggie se aclaró la garganta.

–¿Vas a ir a la audición para el musical de verano? Quiero decir, ¿vas a quedarte algún tiempo en el pueblo?

–Sí, me quedaré por lo menos tres meses, pero no sé qué haré sobre la representación.

Vi la convocatoria de la audición en el periódico. Es mañana, ¿verdad? Sin embargo, no conozco la obra.

–Se llama *El hombre que soñaba despierto*. La ha escrito un grupo de escritores de aquí. Es muy divertida y la música también es buena.

–Supongo que iré a la audición –dijo Matt–. Si tú vas...

–Matt, ¿por qué llevas ese pelo? Quiero decir, es precioso, pero siempre habías llevado el pelo corto. En el colegio te metías con los chicos que llevaban el pelo largo...

–Es una historia complicada –respondió con una evasiva. Volvió a erguirse y señaló la ensalada de Maggie–. ¿No vas a comértela?

Ella no tenía hambre.

–¿La quieres tú?

–No, quiero irme de aquí. Quiero llevarte a que veas una cosa.

Matt se levantó y tiró de la cintura de sus vaqueros con un gesto que era muy típico de él.

Sin embargo, era vegetariano, había dejado de beber y de fumar y tenía un cuerpo rebosante de salud.

Matt se dio cuenta de la mirada asombrada de Maggie mientras bajaban las escaleras hacia el vestíbulo.

—¿Qué pasa? —le preguntó.

Era impresionante. Esa camiseta blanca metida en los vaqueros y la melena que le llegaba hasta la mitad de la espalda hacían que fuera una mezcla de su amigo Matt y del hombre de la selva de sus fantasías. Se parecía a Matt y se movía y hablaba como Matt, pero también tenía muchas cosas diferentes.

Volvió a sentirse atraída por él y le pareció raro.

—Estoy intentando hacerme una idea exacta de quién eres —le contestó sinceramente—. Saber en quién te has convertido.

Matt pareció sorprendido por un instante y luego se rió.

—¿Sabes una cosa, Maggie? Te he echado de menos. A ti y a tu sinceridad.

Matt abrió la puerta de la calle y le cedió el paso a Maggie con un gesto teatral.

—¿Tu coche o el mío? —preguntó Maggie.

Matt se volvió y la miró de tal forma que ella no pudo evitar reírse.

—Supongo que eso quiere decir que todavía tienes que ser el conductor, ¿verdad?

Matt sonrió.

—Tengo el Maserati de mi padre. Él no lo usaba. ¿Qué sentido tiene tener un coche como ese si no vas a usarlo?

—¿Te acuerdas de cuando se lo quitaste para llevar a Angie al baile del instituto?

Había sido uno de los mejores momentos que habían pasado juntos y también uno de los peores.

Matt abrió la puerta del pasajero del resplandeciente deportivo negro.

–¿Cómo iba a olvidarme? Pasé cuatro días en el calabozo. Mi padre era un desgraciado.

Matt se sentó delante del volante y miró a Maggie con un brillo de tristeza en los ojos–. Le decepcioné mucho hasta el final –añadió.

Maggie no sabía qué decir, pero tampoco hizo falta que dijera nada porque Matt arrancó el poderoso motor.

–Mmm –miró a Maggie con una sonrisa–. Es un coche maravilloso.

–¿Adónde vamos?

«¿Acaso importa?» Le respondió un vocecilla recordando su fantasía.

–A la oficina de mi padre –le contestó Matt–. A mi oficina –se corrigió con una carcajada–. ¿Puedes creerte que tengo una oficina?

Maggie estaba perpleja.

–¿Te refieres a la fábrica?

–No. La oficina principal estaba en nuestra casa.

Matt la miró.

–Quiero ofrecerte un trabajo –le dijo Matt

mientras se acercaban a la casa–. Quiero contratarte como abogada y asesora de la empresa. Te pagaría trescientos mil dólares al año.

Maggie lo miró fijamente y no dijo nada mientras avanzaban por el camino de la enorme casa victoriana. Todas las luces estaban encendidas y parecían focos en medio de la oscuridad.

–¿Cuál es el truco? –consiguió preguntar Maggie con un hilo de voz.

Después de la muerte de la madre de Matt, su padre había renovado y restaurado toda la casa. Él sabía que su padre no se lo había propuesto, pero las obras habían eliminado todo rastro de su madre, habían acabado con el aire hogareño y maternal y habían conseguido que la casa quedara como un museo vacío e impersonal.

Matt fue a la parte de atrás, donde tenía la oficina.

–El truco... –dijo él mientras se volvía hacia ella en medio del repentino silencio que se había hecho al apagar el motor–. Claro, sin duda hay un truco. Tú sabes que mi padre tenía dinero, mucho dinero.

Maggie asintió con la cabeza. Estaban la fábrica de patatas fritas, la mansión, el garaje con doce plazas y doce coches...

—Mi querido padre decidió déjamelo todo a mí, los veinticinco millones, si... —Matt tomó aire—...si en tres meses demuestro que puedo dirigir la empresa; los tres meses empezaron la semana pasada. Si no puedo, adiós a todo. El administrador del patrimonio cerrará la empresa, subastará la fábrica y donará el dinero a obras de caridad. Si eso ocurre, yo me quedaré sin nada. Si yo me quedo sin nada, tu trabajo y el de todos los empleados quedarán rescindidos —miró a Maggie—. ¿Qué te parece el truco?

—Es un buen truco. ¿Qué estipula exactamente el testamento?

Matt abrió la puerta del coche.

—Tengo una copia dentro. Te la enseñaré.

Maggie también salió del coche y miró la casa.

—¿Sabías una cosa, Matt? Nunca entré en tu casa durante todos los años que fuimos amigos.

—Eso fue porque mi padre detestaba a Angie. Sin embargo, tú le habrías gustado.

—¿Eso es un cumplido o un insulto?

—¡Un cumplido!

Era curioso que su padre y él hubieran acabado coincidiendo en algo.

Maggie lo siguió dentro de la casa.

La oficina era grande y espaciosa con una

pared llena de archivadores en estanterías. Había una mesa de reuniones enorme enfrente de unos grandes ventanales que daban al mar. Los tablones del suelo resplandecían como lo hacían las molduras de madera tallada que enmarcaban las ventanas y las puertas. Era una oficina moderna con ordenadores, fotocopiadora y fax, pero el aire era victoriano.

Matt fue hasta una puerta de madera, la abrió y encendió la luz.

La moqueta roja era muy espesa. La paredes estaban revestidas con la misma madera oscura de las librerías empotradas. Filas y filas de libros recorrían la pared y Maggie ojeó los distintos títulos y asuntos. El señor Stone tenía algunos libros de astronomía, otros de geología, una estantería entera de libros sobre el cáncer y muchos títulos sobre la Segunda Guerra Mundial.

El despacho tenía unas grandes ventanas, pero estaban cerradas con unas contraventanas de madera muy labradas. La pieza más notable de la habitación era la gran mesa de despacho y la butaca de cuero que tenía detrás.

Maggie dio la vuelta lentamente a la mesa y tomó la única cosa que había sobre ella: una foto de Matt cuando tenía unos seis años y se colgaba posesivamente del cuello de su sonriente y joven madre.

—¿Por qué no viniste a su entierro? —le preguntó Maggie.

Matt se dio la vuelta.

—Lo siento —rectificó inmediatamente Maggie mientras dejaba la foto en su sitio—. No debería habértelo preguntado...

—Lo vi unas dos semanas antes de que muriera. Yo estaba en el hospital, era cuando estaba enfermo. Él se las apañó para encontrarme y fue a verme.

Matt estaba apoyado en el marco de la puerta con los brazos cruzados. Parecía tranquilo, pero Maggie podía ver la tensión en la mandíbula y podía oírla en su voz.

Matt se rió, pero no tenía nada que ver con el humor.

—No sé cómo lo hizo, pero consiguió que nos peleáramos. Yo estaba en la cama, para él, podía estar muriéndome, y lo único que se le ocurrió decirme fue que yo nunca había hecho nada productivo en la vida.

Maggie no se lo pensó dos veces. Cruzó la habitación y lo rodeó con los brazos.

—Lo siento —le dijo.

—Lo mandé al infierno —apoyó la mejilla en la cabeza de Maggie—. Le dije que se mantuviera alejado de mi vida porque era mi vida, aunque no me fuera a durar mucho. Él se levantó para marcharse y yo pensé que se iría sin más, pero se volvió hacia mí y me dijo que me amaba y que no quería que muriera. Yo le dije...

Se le quebró la voz y Maggie lo abrazó con más fuerza. Oyó que Matt tomaba aire y lo expulsaba con toda su alma.

—Yo le dije que lo odiaba y que deseaba que muriera —hizo otro ruido como una risotada—. Dios mío. ¿Por qué diría aquello? Naturalmente, dos semanas más tarde, el muy desgraciado se murió de un infarto. Fue su venganza definitiva, no podría haberlo planeado mejor si se lo hubiera propuesto.

Maggie lo miró.

—Matt, él te quería. Sabía que no lo dijiste intencionadamente.

Él suspiró.

—Eso espero.

Con esa luz y desde aquel ángulo, los ojos parecían más verdes que dorados. Verdes y muy cálidos. Cuando la miró, ella vio algo en su rostro; una tristeza, una dulzura y una ternura que no había visto nunca. Al menos, cuando no actuaba.

Seguían abrazados. Habían estado así muchas veces; Matt siempre había sido muy natural con los abrazos cariñosos, pero en aquel momento todo era distinto y ella pudo ver en los ojos de Matt que para él también era distinto.

Era atracción y deseo.

Le parecía inadecuado. Habían pasado bastantes años, pero le costaba no imaginarse a Matt como el novio de Angie.

Sin embargo, Angie estaba casada con otro y aquella versión nueva de Matt como el hombre de la selva de su fantasía estaba allí y mirándola como si quisiera besarla. No un beso en la mejilla de los que Matt solía prodigar entre sus amigas, sino un beso en la boca y con las lenguas en pleno funcionamiento.

Como los besos de Tony y María. Maggie sintió un vacío en el estómago al recordar los besos con Matt en el escenario. Salvo que entonces esos besos no se los daban ellos sino los personajes que representaban.

Aun así...

Se apartó de él y volvió a ojear los libros de la estantería. Todo era un disparate.

—Lo siento —dijo Matt con tranquilidad—. No debería haberte contado todo eso.

Maggie sacudió la cabeza.

—No... Me alegro de que me lo hayas contado —volvió la cara para mirarlo—. Para eso estamos los amigos, ¿no?

Se encontraron las miradas y Maggie volvió a sentir la chispa de energía sexual que se transmitían. Amigos...

—Ibas a darme una copia de ese testamento —le recordó Maggie que casi no podía respirar.

Él dio un paso hacia ella y luego otro. Maggie supo que iba a besarla.

Sin embargo, fue uno de los besos de Matt, en la mejilla. Pasó junto a ella y salió a la oficina. Ella lo siguió y sintió una sensación extraña de decepción mientras lo miraba encender la fotocopiadora; ¿se había vuelto loca?

—Puedes llevártelo a casa y echarle una ojeada —le dijo Matt que había sacado una carpeta de un archivador—. Dime tu opinión el lunes. Ya sé que no es mucho tiempo, pero si el trabajo no te interesa, tengo que saberlo para entonces. Tendría que ponerme a buscar a alguien para que me ayude.

Maggie lo miró fijamente mientras fotocopiaba el documento.

Era un trabajo de trescientos mil dólares al año que dependía de que consiguiera que Matt se convirtiera en un empresario en tres meses.

Era muy emocionante, pero era más disparatado todavía. ¿Qué pensarían su madre, su padre e incluso Brock?

Pensarían que era una irresponsable, una necia, una imprudente y una alocada.

¿Qué pensaba ella? Podía responder a esa pregunta por una vez en su vida.

Naturalmente, existía la posibilidad de que le saliera el tiro por la culata, que se quedara sin trabajo y que sus amigos y su familia se rieran de ella, pero también existía la posibilidad de que estuviera pasando algo especial y que, por fin, fuera dueña de su vida, saliera de su celda e hiciera algo importante, aunque sólo fuera para ella, para Matt y para las personas que dependían de la fábrica de patatas fritas.

Sin embargo, el riesgo...

Miró a Matt que había apagado la fotocopiadora, había grapado la copia y estaba guardando el original en su archivador.

—Aceptaré el trabajo.

Matt se volvió para mirarla.

—Pero si ni siquiera has leído...

—Me da igual. Tú me lo has ofrecido y yo lo acepto.

Matt se rió.

—¿Desde cuándo tomas una decisión sin darle vueltas durante cuarenta y ocho horas?

—Desde este preciso instante.

—¿Estás segura? —Matt parecía preocupado.

Maggie sintió cierta duda.

–¿Estás seguro de que quieres que trabaje contigo?

–¡Completamente!

–Entonces, yo también estoy segura.

Matt se limitó a mirarla con la misma pasión desconcertante en los ojos. Ella tuvo que darse la vuelta hacia la ventana.

–Ya llevo algún tiempo pensando en cambiar algunas cosas –le confesó–. Creo que si acepto tu oferta no tendré que volver a ese espantoso despacho sin ventana.

–¿No tienes ventana?

Ella lo miró.

–En Andersen & Brenden tienes que ganarte la ventana.

–Dios mío.

–No tendría que hacer ese espantoso viaje por autopista ni llevar unos zapatos insoportables, ¿verdad?

–Claro que no –Matt sonreía–. Si trabajas conmigo, no tienes que llevar zapatos si no quieres. Aunque durante esos tres meses tampoco podrás pagártelos...

–Ni lo haré si puedo evitarlo. Esta oficina es preciosa. Está a diez minutos de mi casa y a unos metros del mar... –hizo una mueca–. Aunque tampoco va a ser fácil decirle a mi padre que voy a dejar A&B.

Matt se puso serio.

–Maggie. No quiero presionarte –hizo una pausa–. Quiero que aceptes, pero no va a ser fácil. Tu trabajo va a consistir en ayudarme a que aprenda a dirigir esta empresa. En este momento, casi no me acuerdo de sumar y restar. Vas a tener que dedicarle muchas horas. Solo tengo tres meses y en este preciso instante no podría dirigir una empresa aunque mi vida dependiera de ello. Así que si no estás completamente segura o si lo haces por ayudarme a salir de un atolladero o si vas a lamentarlo mañana... –la miró fijamente a los ojos–. Quiero que estés completamente segura.

Maggie también miró a aquel hombre que era una mezcla de Matt y el hombre de su fantasía.

–Estoy segura –afirmó sin dudarlo.

El rostro de Matt reflejó todo un torbellino de sensaciones.

–Muy bien, de acuerdo –le dio la copia del testamento–. Mañana cenaremos juntos después de la audición y empezaremos a trabajar.

Maggie ojeó el testamento. Tenía catorce páginas.

–Deberíamos olvidarnos de la audición. Si sólo tenemos tres meses...

–No –replicó Matt–. No voy a perder la oportunidad de hacer otra obra contigo. Además, ¿cuántos ensayos hay? ¿Un par de noches a la semana?

–Menos la semana antes del estreno –le respondió con tono firme–. Entonces son todos los días. No podemos...

–Sí podemos. La obra no se estrenará hasta el final de mi trimestre. Si para entonces no lo hemos conseguido... –se encogió de hombros–. Será demasiado tarde.

–Creo que no deberíamos abarcar tantas cosas.

Matt esbozó una sonrisa preciosa.

–Te preocupas demasiado.

–Tú no te preocupas lo suficiente.

–Todo va a salir perfectamente –le tranquilizó Matt.

Capítulo Tres

En el teatro olía a serrín, a pintura, a telones polvorientos, un poco a sudor y mucho a nerviosismo.

Olía a obra de teatro.

Maggie sonrió y saludó con la mano a algunos amigos de otras producciones mientras dejaba la bolsa del gimnasio en uno de los asientos de la primera fila.

En el borde del escenario había una hoja para que los candidatos se inscribieran en ella. Maggie puso su nombre.

—Apúntame a mí también.

Maggie levantó la mirada y vio a Matt que miraba la lista por encima de su hombro. La tenía rodeada con las dos manos sobre el escenario.

Le sonrió con unos dientes blancos y perfectos. Lo tenía tan cerca que Maggie pudo oler la pasta de dientes que usaba. Iba vestido de negro. Llevaba una camiseta que se le ajustaba perfectamente, unos pantalones de algodón y unas zapatillas de baile que habían pisado muchas tablas.

—¿Qué vas a cantar? —le preguntó ella

mientras escribía el nombre de Matt en la lista.

Matt se encogió de hombros, se irguió y la dejó libre. La acompañó hasta la butaca donde tenía la bolsa del gimnasio y se sentó en la butaca de al lado.

—¿Quieres hacer un dúo? —Matt estiró las piernas y la miró con un brillo en los ojos.

Maggie dejó de quitarse los zapatos de calle para mirarlo.

—Es algo que siempre me ha fastidiado muchísimo.

—¿El qué? —le preguntó él aunque sabía perfectamente lo que iba a decirle.

—Que llegues a una audición sin haber preparado nada y acabes llevándote el papel protagonista.

Matt intentó no resultar descarado y mirarla mientras se quitaba la camiseta y se ajustaba el sujetador deportivo. Llevaba unos pantalones negros ceñidos y un top de baile muy colorista que le dejaba el abdomen el aire.

—Deberías ponerte un anillo en el ombligo —le comentó él.

Ella puso los ojos en blanco.

—No, gracias.

—¿Sabes? Hace más de tres años que no voy a una audición.

—¿Estás nervioso? —le preguntó Maggie.

Matt intentó fingir nerviosismo.

–No lo estaría si cantaras un dúo conmigo.

Ella se rió.

–Ni hablar. Yo sí he preparado a fondo una canción.

–Entonces, déjame que te use de apoyo.

Maggie se cruzó de brazos.

–¿Sigues insistiendo?

–Un apoyo –le repitió intentando no sonreír–. Ya sabes, alguien adorable a quien cantar. Todo me sale mejor cuando no estoy solo en el escenario.

Ella se burló.

–Mala suerte. Una audición se trata de eso; de estar solo en el escenario. Puedes cantarme todo lo que quieras, pero yo estaré aquí abajo –sacudió la cabeza con indignación–. Un apoyo...

–De acuerdo –se resignó Matt.

–¿De acuerdo? Nada de incordiar ni de suplicar ni de gimotear. ¿Entendido?

Matt echó la cabeza hacia atrás y le sonrió.

–Solo es una audición.

–Te odio –le dijo ella antes de alejarse.

Diez minutos más tarde, la primera candidata temblorosa subió al escenario y Matt se sentó junto a Maggie en las butacas del fondo.

—Yo soy la número veinte y tú el número veintiuno —le susurró Maggie—. ¿Ya sabes lo que vas a cantar?

Él asintió con la cabeza.

—Haré algo de mi obra favorita.

—¿Cuál es tu obra favorita?

—*West Side Story*. Ha sido cuando más me he divertido en un escenario en toda mi vida.

Maggie lo miró perpleja.

—¿Quieres decir en el instituto?

—Ajá.

Matt miró al escenario y vio que el director cortaba a la cantante a media canción. Maggie observó el perfil de Matt y recordó lo turbulento que fue para él su último curso.

Un cantante subió al escenario y no pasó de dieciséis compases antes de que el director le agradeciera su asistencia.

—Caray —Matt la miró—. Este director es tremendo. Están cayendo como moscas. Ni siquiera les da tiempo a entrar en calor. A este ritmo, vas a subir al escenario dentro de un minuto.

—Es muy exigente. ¿Cómo es posible que *West Side Story* sea tu obra preferida? Eras muy desdichado. Tuviste aquella pelea terrible con Angie...

—Como Matthew era desdichado, pero me encantaba ser Tony.

50

Matt tenía una media sonrisa muy especial y la miraba de una forma que le aceleraba el pulso.

Matt volvió a mirar hacia el escenario y Maggie se quedó mirándolo a él.

–Maria era un papel muy bueno –le dijo Maggie en voz baja–, pero me costaba mucho verte morir todas las noches.

Matt la miró con una expresión completamente indescifrable.

–Maggie Stanton –una mujer gruesa con unas gafas como ojos de gato la llamó–. Usted es la próxima.

Maggie miró hacia el escenario y Matt le tiró de un brazo para darle un abrazo.

–Mucha mierda, Maggie.

Ella lo miró y se quedó sin fuerzas al darse cuenta de lo que le pasaba. Quería que la besara.

Era atractivo, estimulante y vital y ella quería que la besara.

Ya no era el novio de Angie y quería que la besara.

Él lo hizo; en la mejilla.

Maggie se tragó la decepción mientras recorría el pasillo del teatro.

Él la consideraba una amiga con la que estar.

Tampoco estaba mal. Matt nunca se había

preocupado por nada que no fuera a corto plazo, por echar una cana al aire intensa y apasionada. Efectivamente, no saldrían de la cama durante una semana, pero después, todo se habría acabado. Cualquier tipo de idilio con él sería un error absoluto, sobre todo si iban a trabajar juntos.

¡Iban a trabajar juntos!

Esa mañana había llamado a su jefe de A&B y él había aceptado elegantemente su dimisión. Ella sabía que eran unos momentos difíciles para todos y que últimamente las cosas no iban bien ni siquiera para los grandes despachos de abogados.

Solo tendría que pasar la semana siguiente, vaciar su mesa y dejar el teléfono móvil.

Dio la partitura al acompañante con una sonrisa, se colocó en el centro del escenario e hizo un gesto con la cabeza al director. Nunca había trabajado con él. Lo vio ojear su historial, se volvió hacia la pianista y le hizo otro gesto con la cabeza.

Sonaron los primeros acordes, Maggie cerró los ojos, tomó aire y se dejó dominar por el personaje. Era una bailarina de treinta y tantos años que pedía una segunda oportunidad.

Maggie empezó a cantar y Matt dejó de buscar entre las partituras que habían dejado sobre una mesa al fondo de la sala. Era buena. Se había olvidado de lo buena que era. Nunca entendería porque no había estudiado arte dramático para hacerse profesional.

Matt se rió. Había conocido bien a los padres de Maggie y sí lo entendía. Era una pena.

Cantó la primera parte de la canción completamente quieta pero con todo el cuerpo en tensión. Cuando llegó al estribillo, estalló en volumen de voz y movimiento. Era impresionante, la voz era diáfana y sincera y el cuerpo muy grácil.

Matt se acercó al escenario y se sentó en el brazo de una butaca. Podía ver la nuca del director y no se había movido desde que Maggie había empezado a cantar. Sonrió al comprobar que el director la había dejado cantar toda la canción hasta la última nota.

Todo el mundo rompió a aplaudir y Maggie, como era típico en ella, pareció sorprenderse. Se ruborizó, también típico de ella, e inclinó la cabeza.

—Muy bien —la voz del director, que solía ser monótona, mostraba interés—. No se vaya a ninguna parte. Quiero que también lea unas líneas.

Maggie recogió la partitura y bajó los escalones mientras Matt subía.

–Ahora te toca a ti la mucha mierda –le deseó Maggie.

–Salir detrás de ti es un mal asunto.

Maggie se sentó en la primera fila mientras notaba que los últimos restos de adrenalina le abandonaban el cuerpo. Matt se puso en el centro, la miró y sonrió; la adrenalina volvió e hizo que el corazón le diera un vuelco.

Empezó a sonar la música y Maggie reconoció inmediatamente la canción. A Matt siempre le había encantado aquella canción sobre la esperanza y las posibilidades ilimitadas. Sonrió. Era como la canción que definía a Matt.

–¡Alto! –gritó el director y la música cesó–. ¿Matthew Stone?

–Sí, soy yo.

–¿De Los Ángeles?

–Viví allí un tiempo –Matt entrecerró los ojos para ver al director–. ¿Dan Fowler?

–Sí. Gracias. El siguiente.

Los ojos de Matt soltaron un destello.

–¿Cómo? ¿Ni siquiera va a oírme cantar?

–No quiero verle en mi escenario –dijo Fowler.

Se hizo un silencio sepulcral y nadie parpadeó siquiera.

–¿Le importaría decirme por qué? –le preguntó con un tono casi demasiado tranquilo.

–Porque la última vez que le tuve en una obra desapareció a mitad de los ensayos y eso me molestó muchísimo.

–Llamé –replicó Matt–. Me disculpé, pero tuve que ingresar en un hospital.

–Un centro de desintoxicación, más bien.

–¿Un centro de desintoxicación? –Matt se rió–. Sí, supongo que era algo así –miró al director–. Eso fue hace tres años, Dan.

Un centro de desintoxicación. Maggie siempre había sabido que Matt había llevado una vida disipada en el pasado y que siempre había rozado el límite. No le extrañaba que se hubiera hecho adicto al alcohol o las drogas.

–Lo recuerdo muy bien, Stone.

–No voy a dejar el escenario hasta que me deje hacer mi número.

Matt lo dijo con calma, pero de tal forma que todo el mundo supo con certeza que no cedería.

Fowler frunció el ceño.

–Puede hacer su número hasta que pierda el resuello, pero no voy a elegirlo. Conseguirá que todos perdamos el tiempo.

Maggie se levantó y agarró su bolsa de gimnasia.

–Vámonos, Matt. Ya habrá otros espectáculos.

–Un momento –dijo Fowler–. ¿Maggie Stanton?

Hubo unos susurros mientras Fowler se inclinó para hablar con los productores y ayudantes.

–Acérquese un momento –le pidió Fowler.

Maggie miró a Matt sin saber qué hacer. Él le hizo un gesto con la cabeza para que fuera y se sentó con aire despreocupado en el borde del escenario.

–¿Está con él? –le preguntó lentamente mientras señalaba hacia el escenario y a Matt.

–Sí –contestó ella con cierta tensión–. No sé qué pasó, pero ahora está bien.

Fowler tamborileó con los dedos en la mesa y miró a Maggie y a Matt.

–¿Aceptaría hacerse una prueba de orina?

–¿Para buscar restos de droga? –le preguntó Maggie llena de asombro.

Fowler asintió con la cabeza.

–Puede preguntárselo a él, pero dudo que acepte.

–¡Eh, Stone! –gritó el director–. Estoy dispuesto a aceptar su audición si se hace una prueba para detectar droga.

–Quería decir que se lo preguntara en privado –siseó Maggie haciendo un gesto de desesperación con las manos.

Miró hacia el escenario temerosa de la reacción de Matt.

Él se levantó y los miró con calma.

–De acuerdo –aceptó Matt sin levantar la voz.

–Muy bien –dijo Fowler–. Cante su maldita canción y lárguese de mi escenario.

Matt chasqueó tres veces los dedos y la acompañante tocó la introducción. Empezó a cantar mientras seguía con la mirada a Maggie que volvía a su sitio por el pasillo. Podía ver el brillo de las lágrimas en sus ojos y sabía que ella se había dado cuenta de que él le había permitido a Fowler salirse con la suya por ella. También sabía que Maggie lo reduciría todo a la amistad. Que él sería el bueno de Matt que hacía un favor a su amiga Maggie.

Sin embargo, entre ellos brotaba la atracción.

Solo de imaginarse que ella se permitiera amarlo...

Ella lo miró y él canalizó todos los sentimientos de Maggie hacia su canción. Él, como todos los actores, podía ser muy crítico con su representación, pero aquella vez... hasta él mismo se habría elegido.

Se paró a media canción y miró al director.

–Es suficiente, ¿no le parece?

–Gracias –fue la respuesta habitual–. Quédese por aquí para la lectura.

Victoria. Tendría la ocasión de leer unas líneas.

Matt se bajó ágilmente del escenario y se encontró con Maggie que lo esperaba. Lo tomó de la mano y lo llevó silenciosamente hasta el fondo de la sala sin hacer caso de las miradas. Cruzaron la puerta doble, salieron al vestíbulo y se dirigieron a la puerta de la calle.

–¡Eh! –exclamó Matt–. ¿Adónde vamos?

–Nos largamos.

Matt se paró en seco.

–No podemos.

–Ese hombre es un asqueroso –estaba realmente furiosa.

–Pero es un buen director. Espera a ver qué pasa.

Ella pasó a enfadarse con él.

–Haces todo esto por mí, ¿verdad?

Haría cualquier cosa por ella si se lo permitía.

–No –contestó Matt–. Lo hago por mí mismo.

Maggie no se lo tragó.

–Matthew, tu padre ya te lanzó bastante porquería encima con el testamento y todo eso. No tienes por qué pasar por todo esto además.

–¡Eh! –la agarró de los hombros y la zarandeó suavemente–. No pasa nada. De verdad. Solo es mi pasado de crápula que me acecha. Suele pasar. No me importa hacerme la prueba...

–Mentiroso.

Matt se rió al ver la expresión de indignación en la cara de Maggie.

–Bueno, de acuerdo. Escuece, pero la vida no es siempre justa y tampoco es tan grave –ella fue a decir algo, pero él le puso un dedo en los labios–. En serio, durante los últimos años he aprendido a distinguir entre problemas grandes y problemas pequeños. Dan Fowler es, claramente, un problema pequeño.

La mujer con las gafas como los ojos de un gato asomó la cabeza por la puerta.

–¡Stone y Stanton! –les gritó–. Os está buscando. Al escenario para leer.

–Quiero hacerlo –dijo Matt mirando a Maggie a los ojos–. Hagámoslo, ¿de acuerdo?

Maggie asintió con la cabeza y fueron juntos dentro del teatro. Matt le quitó la bolsa del hombro, la dejó sobre un asiento y la empujó escaleras arriba hasta el escenario.

–Tómense unos minutos para leerlo –les dijo Fowler desde su asiento.

Maggie ojeó rápidamente la escena. Notó que empezaba a ruborizarse. Levantó la mirada y se encontró con la de Matt. Él arqueó una ceja y volvió a mirar su texto.

–Cuando estéis preparados, chicos y chicas –ordenó la voz indolente de Fowler.

–Leí toda la obra la semana pasada –le dijo precipitadamente Maggie a Matt–. Esta escena es parte de una fantasía que tiene mi personaje. Ella se imagina que estás en su dormitorio, ¿de acuerdo?

–Entendido –le contestó Matt antes de mirar al director–. Estamos preparados, Dan.

–¡Silencio! –rugió Fowler.

Maggie no podía creerse que estuviera haciendo una audición para semejante tirano, pero Matt leyó su primera línea y se concentró en su papel.

–Lucy, ¿sigues despierta? –leyó Matt.

–Vete –contestó Maggie con tono cansado y aburrido.

–¡Eh! –siguió Matt mientras levantaba la mano que le quedaba libre–. En realidad no quiero estar aquí, solo soy parte de tu imaginación desbocada. Si quieres que me vaya, tendrás que imaginarte que me voy.

–De acuerdo, lo haré –Maggie cerró los ojos como decía el texto. Cuando volvió a abrirlos, él seguía allí, claro–. Maldita sea.

—Cody Brown, a tu servicio –leyó Matt.

—Además, ¿qué nombre es ese? Es un nombre ridículo para alguien que ha nacido en Manhattan. Pareces un vaquero o un jinete de rodeos. ¿En qué estaban pensando tus padres?

—Ya. Así que para eso estoy aquí. Quieres insultarme a mí y a mis padres. Muy bien, adelante, Lucy.

—Estoy demasiado cansada para insultar como Dios manda –refunfuñó Maggie.

—¿Por qué otro motivo ibas a imaginarme en tu dormitorio a la una de la madrugada?

Maggie miró a Matt con un gesto de temor que no era completamente fingido. Él sonrió. Fue una sonrisa que empezó pequeña y se extendió por todo su atractivo rostro.

—Ya sé por qué estoy aquí –continuó Matt mientras cruzaba el escenario hacia ella.

Maggie lo miraba paralizada. ¿Realmente iba a...?

—No...

—Te preguntas qué sentirías al besarme –leyó Matt acercándose más–. ¿Verdad?

—¡No!

Maggie lo miró fijamente y él se acercó hasta que estuvieron a unos centímetros, pero sin tocarse.

Matt tenía que leer la línea siguiente, pero

esperó un instante. Su mirada y su expresión eran una mezcla perfecta de nerviosismo y deseo. Era un actor muy bueno.

—Te preguntas qué sentirías si te abrazara así —dejó caer el texto al hacerlo.

Maggie también dejó caer el texto. Como si estuviera en trance, apoyó las palmas de las manos en el pecho de Matt y las deslizó hacia arriba. Notó que él tomaba aire como si encontrara excitante el contacto. Era una aportación muy buena a una actuación excelente.

Maggie rodeó el cuello de Matt con las manos y sintió la suave melena sobre los brazos desnudos. Ella era Lucy y estaban actuando. Actuando.

—Y te preguntas qué sentirías —dijo Matt lentamente— si levantaras tus labios así —le levantó suavemente la barbilla y le apartó el pelo de la cara— y yo bajara mis labios así...

Maggie esperaba un beso delicado, pero cuando las bocas se encontraron fue como una explosión. Notó que él la estrechaba contra sí con fuerza mientras la besaba, ella lo besaba, ella abría la boca...

Estaba perdida.

Sin embargo. El beso terminó tan bruscamente como había empezado. Matt la apartó de un empujón y dio unas zancadas hasta el otro lado del escenario.

–Muy bien, pues olvídate –dijo Matt con un tono completamente áspero mientras se volvía para mirarla– porque no voy a besarte.

Se miraron con las respiración entrecortada.

–Muy bien –la voz de Dan Fowler cortó la escena–. Quedaos por aquí para la prueba de baile.

A Maggie le temblaban las manos cuando se agachó para recoger el texto. Matt se lo recogió.

–¿Te pasa algo? –le preguntó Matt con gesto de preocupación.

–No –mintió ella con la mirada fija en el hombre que parecía dispuesto a darle un vuelco en su vida–. Estoy... muy bien.

Capítulo Cuatro

Maggie se arrastró hasta su dormitorio. La prueba de baile había sido una paliza. Una persona con dos dedos de frente se habría dado una ducha caliente y se habría metido en la cama con un buen libro. Sin embargo, ella había dejado que Matt la convenciera para ir a cenar juntos, como habían planeado el día anterior.

Cerró la puerta de su cuarto, se desvistió a toda velocidad y se puso el albornoz.

Oyó un golpecito en la puerta y la entreabrió porque no quería volver a discutir con su madre las ventajas e inconvenientes de casarse en octubre.

Sin embargo, era Stevie, su hermano pequeño, que bostezaba como si acabara de levantarse.

—Buenos días —dijo el chico mientras se rascaba la cabeza.

—Son las cinco de la tarde. No me dirás que has estado durmiendo todo el día...

—No puedo mentir —una sonrisa iluminó el rostro todavía infantil de Stevie—. Tu tarde es mi mañana.

–Es penoso –Maggie suavizó las palabras con una sonrisa.

–Anoche llegué a casa a mediodía.

–¿De verdad? ¿Vas a quedarte colgado para el resto de tu vida?

–Era el baile del instituto –su hermano sonrió–. Todo fue muy sano. Fui a dos fiestas después del baile y no había nada de alcohol. Aunque no te lo creas, me lo pasé muy bien y, además, no tengo resaca.

–¿Que tal con Danielle?

Stevie puso los ojos en blanco.

–Muy bien si lo que yo me proponía era que ella no supiera que sigo vivo.

–Debe de ser cosa de familia. Sé a lo que te refieres.

Stevie la miró con los ojos entrecerrados.

–No puedes decir que Brock no sepa que estás viva. Quiere casarse contigo. ¿Qué te pasa, Maggie? ¿Tienes un amiguito en la recámara?

Maggie le dio un azote con la toalla.

–No te importa, Celestino. Fuera de mi vista. Quiero darme una ducha.

–Deberías ser amable conmigo. He venido a avisarte. He escuchado una conversación de los padres y me parece que su alteza real la reina Vanessa viene a cenar esta noche.

–Alabado sea Dios –exclamó Maggie–. Ya

tengo una excusa. Voy a cenar fuera.

–Qué suerte, vas a perderte esa maravilla. Dame un grito cuando hayas salido de la ducha.

El timbre de la puerta sonó cuando Maggie estaba dándose los últimos toques al maquillaje. Eran las seis y dieciocho minutos. Matt no se había adelantado nunca, pero últimamente hacía cosas muy inusitadas.

Se apartó un poco y se miró por última vez en el espejo. Llevaba vaqueros, un top rojo y sandalias. ¿Quién diría que iba a ir así de informal para cenar con su nuevo jefe?

Un jefe que, además, la apasionaba y eso era algo que no podía permitirse. Angie diría que esa era la mejor forma de acabar con una amistad.

El timbre volvió a sonar, bajó las escaleras con cierto estruendo y abrió la puerta de par en par.

–Hola.

Sonrió creyendo que era Matt.

Brock la miró con los brazos llenos de maletas. Vanessa estaba detrás de él también cargada de equipaje.

Vaya, vaya...

La hermana de Maggie no era de las que

viajaban ligeras de equipaje, pero siete maletas para una cena...

–Se me están rompiendo los brazos –se quejó Vanessa.

Maggie se apartó y sujetó la puerta.

Brock colocó las maletas junto a la escalera y sonrió a Maggie.

–Hola –su voz grave retumbó en el vestíbulo–. Seguro que no esperabas verme esta noche.

–No –confirmó Maggie con un hilo de voz–. No lo esperaba.

Stevie bajó las escaleras con el pelo mojado de la ducha. Miró a Vanessa, a Brock, a Maggie y al montón de maletas.

También apareció el padre de Maggie y estrechó calurosamente la mano de Brock.

–Me alegro de que pudieras cenar con nosotros –dijo antes de volverse hacia Maggie–. Vanessa nos dijo que Brock iba a traerla en coche y lo hemos invitado a cenar.

–Ah –Maggie miró a Stevie.

Él se encogió de hombros.

–No oí esa parte –le dijo con los labios–. Vaya, Vanessa –dijo en voz alta–. ¿Piensas cambiarte de ropa entre cada bocado de carne asada?

–Voy a quedarme una temporada –el tono de voz era quebradizo.

—Ah, caray —Stevie volvió a mirar a Maggie. Los dos querían a su hermana, pero era más fácil quererla cuando vivía bajo otro techo—. ¿Mitch está de viaje de trabajo o algo así?

—Algo así.

Vaya, vaya...

Sonó el teléfono.

—¡Yo iré! —dijeron Maggie y Stevie al unísono.

Sin embargo, su madre descolgó en la cocina.

—Es para ti, cariño —le gritó a su marido.

—Hablaré desde el despacho.

—Ayudadme a subir todo esto.

—¡A sus órdenes! —Stevie hizo un saludo militar mientras Vanessa y Brock abrían camino—. Va a quedarse una temporada —le dijo a Maggie por la comisura de la boca.

—Matt va a llegar de un momento a otro —le contestó Maggie.

—¿Matt...? —el chico estaba encantado—. ¿Vas a cenar con Matt? ¡Caray!

—La cena está casi preparada —gritó su madre desde la cocina.

—Yo tengo que salir. Tengo una cena de trabajo —le replicó Maggie lo suficientemente alto como para que Brock la oyera.

Él, sin embargo, estaba inclinado hacia Vanessa y escuchaba atentamente lo que ella le decía.

—¡No te oigo! ¡Tengo el grifo abierto! —volvió a gritar su madre.

—¿Qué vas a hacer? —le susurró Stevie a Maggie—. Ya lo sé... Puedes invitarle a cenar también.

—¡Muérdete la lengua!

Stevie se reía.

—Solo era una solución. Esta noche empieza a ponerse más interesante de lo que me esperaba.

—¡Maggie! —gritó su padre desde el despacho—. Quiero hablar contigo. Ahora mismo.

Maggie se quedó paralizada y mirando a Stevie.

—¿Qué has hecho?—le preguntó él en voz baja.

—Tengo casi treinta años —susurró ella—. ¿Por qué me siento como si tuviera trece y me hubiera dejado la cama sin hacer?

Sonó el timbre de la puerta.

—¡Yo abriré! —gritó Maggie intentando por todos los medios adoptar un tono de normalidad mientras se lanzaba escaleras abajo.

—¡Yo te ayudaré! —Stevie dejó en el suelo la maleta de Vanessa y la siguió.

Los dos estuvieron a punto de arrollar a su padre que había surgido de la nada y tenía cara de pocos amigos.

–Maggie, la llamada era de Bob Andersen –dijo su padre–. ¡Ha dicho que has dejado el trabajo esta mañana!

–¡Maggie! ¿Por fin has pasado de esa profesión? –le preguntó Stevie con cierta admiración.

–¿Qué has hecho? –Vanessa bajaba las escaleras seguida de Brock.

El timbre de la puerta volvió a sonar.

–Ha dejado el trabajo en Andersen & Brenden –su padre sacudió la cabeza con incredulidad.

–¿Podríais abrir la puerta? –la madre de Maggie salió de la cocina limpiándose las manos con un paño de cocina

–Yo iré –repitió Maggie antes de que fuera su madre.

Tomó aire y abrió la puerta.

Apareció Matt con los vaqueros y la camiseta blanca de siempre y el pelo suelto. Parecía un sueño de un vídeo musical.

–Hola –dijo con esa sonrisa resplandeciente.

Maggie lo tomó de la mano y lo hizo entrar.

La sonrisa se tornó en gesto de sorpresa al ver que toda la familia lo miraba fijamente.

–Os presento a mi nuevo jefe, Matthew

Stone –Maggie puso su mejor voz de actriz.

–Dios mío –exclamó Vanessa.

–¿Tu nuevo qué? –preguntó Brock mientras miraba a Matt de arriba abajo.

–Impresionante –Stevie esta realmente impresionado.

–Cierra la puerta, cariño –remató su madre con una voz que no podía disimular la conmoción–, puede escaparse el gato.

Maggie se sentó a la mesa aturdida por los nervios. ¿Cómo había podido pasar eso? Creía que podía controlar la situación. Estaba dispuesta a seguir lo planeado y salir con Matt. Al fin y al cabo era una cena de trabajo. Sin embargo, estaban sentados en una habitación cargada de hostilidad.

Miró a Matt y se encontró con su mirada serena. Bueno, al menos había alguien que no era hostil.

–¿Cuánto tiempo tienes para hacer qué? –preguntaba su padre mientras su madre pasaba a Matt una fuente llena de puré de patatas, verduras y un trozo enorme de carne asada.

Era vegetariano... Maggie abrió la boca para decirlo, pero Matt le hizo un gesto y aceptó la fuente con un murmullo de agradecimiento.

–Tenemos tres meses –le contestó Matt que parecía muy tranquilo aunque todo el mundo tuviera la mirada clavada en él–. No estoy seguro de lo que tengo que hacer para heredar la empresa –sonrió a Maggie–. Por eso vamos a reunirnos esta noche.

–A ver si me entero –dijo Vanessa–. ¿Para qué has contratado a Maggie?

–Va ser mi abogada y asesora empresarial –contestó Matt.

Maggie miró a Stevie que a su vez miraba a Matt con una expresión cercana al arrobo. Su hermano la miró con una sonrisa que no le cabía en la cara y ojos de haberlo entendido todo.

Stevie había comprendido que Matt era el hombre que había salido en la conversación de antes. ¿Cómo lo había llamado? Amiguito...

Maggie lo miró amenazadoramente. Él sonrió e hizo un gesto como si cerrara una cremallera en los labios.

–Maggie, ¿no tienes hambre? No has tocado el plato... –le dijo su madre.

Maggie miró la carne asada que flotaba en un charco de salsa y se le encogió el estómago.

–Mmm –contestó ella.

Brock le pasó un brazo por los hombros.

–Ya sabes cómo son las chicas. Siempre están a dieta.

Matt miró a Maggie con una expresión entre burlona e incrédula. Ella sabía lo que estaba pensando. La sensibilidad feminista de Brock no llegaba ni a la de un hombre de Neanderthal.

Además, ella preferiría que no la tocara.

–No entiendo bien por qué no has comentado con Brock la oferta de Matt antes de aceptarla –intervino Vanessa–. Quiero decir, estáis pensando en casaros, ¿no?

Todas las miradas se volvieron hacia Maggie.

¡No podía romper con Brock delante de toda su familia!

–Mmm –fue todo lo que pudo decir.

Stevie tenía el vaso de leche en la mano y Matt, que estaba sentado a su lado, le dio un codazo.

Solo lo vio Maggie.

La leche se derramó por todos lados.

–¡Ay! –exclamó Stevie.

Vanessa dio un salto para no mancharse.

–Qué torpe soy –dijo Stevie mientras su madre iba a la cocina por un paño.

Matt puso su servilleta para secar la leche. Miró a Maggie y sonrió mientras Stevie seguía lamentándose.

–No sé qué me ha pasado.

Ya nadie miraba a Maggie.

–Gracias –le dijo a Matt con los labios.

Él le mandó un beso.

Sin embargo, Vanessa lo vio.

–¿No salías con Maggie en el instituto? –le preguntó a Matt cuando volvieron a sentarse.

Él negó con la cabeza.

–No. Salía con Angie Caratelli. Salimos un par de años.

–Pero querías salir con Maggie –insistió Vanessa entre risas–. Bueno, lo de salir es un eufemismo en el instituto, ¿verdad, Stevie?

–¿Ha visto alguien la última película de James Bond? –fue la brillante respuesta de Stevie.

–¿Tengo razón o no tengo razón? –le preguntó Vanessa a Matt.

–Vanessa... –dijo Maggie. ¿Qué se proponía su hermana? Como si a Brock no le molestara bastante la presencia de Matt–. Déjalo.

–Matthew no lo niega –insistió.

Maggie sentía bastante lástima por todo lo que había tenido que pasar Vanessa esa tarde. Su madre la había llevado aparte para decirle que estaba en casa porque Mitch le había pedido el divorcio.

Maggie buscó los ojos de Matt al otro lado de la mesa y vio que...

¿Era verdad? Matt había querido salir... Pero...

—Yo tenía diecisiete años —le dijo Matt a Vanessa—. Quería salir con todas.

Maggie se levantó. Ya había tenido bastante.

—Tenemos que ponernos a trabajar.

—Que conste —intervino su padre—. No me gusta este cambio de trabajo.

—Que conste —replicó Maggie—. A mí, sí.

Matt se apoyó en el Maserati mientras Maggie se despedía de Brock que iba a quedarse un rato para hacer compañía a Vanessa.

Apretó los dientes al ver que le daba un beso a Maggie. Ella había girado la cara para que el beso fuera en la mejilla, pero el desgraciado era muy insistente y Matt tuvo que mirar a otro lado.

Dio un leve respingo al ver que Stevie estaba a su lado. No le había oído acercarse.

—Así que eres millonario.

—No del todo —Matt miraba a Maggie.

Ella se apartó de Brock, pero él la sujetaba de la mano.

—Dímelo sinceramente —le dijo Stevie—.

¿Tienes intenciones honestas con mi hermana?

Matt lo miró asombrado.

–Supongo que no es de mi incumbencia –continuó Stevie mientras se encogía de hombros–. ¿Sabes? Me ha comentado que no piensa casarse con ese tarado.

–¿De verdad?

Stevie sonrió.

–Claro, bueno... –imitó la voz grave de Brock–. Ya sabes cómo son las chicas. Siempre están cambiando de opinión.

Matt se rió.

–Es un majadero.

–¿Quién es un majadero? –preguntó Maggie que acababa de llegar.

–Nadie –dijeron Matt y Stevie a la vez.

–Genial –dijo Maggie mientras miraba la sonrisa forzada de los dos–. Es lo que me faltaba, que estéis compinchados. Como si no supiera de quién hablabais. Vamos, Matt. Voy por el maletín a mi coche.

–Que os divirtáis –Stevie dio prudentemente la espalda a Matt y guiñó un ojo a su hermana.

Maggie esbozó una sonrisa empalagosa.

–Que también te diviertas. Si tienes suerte, conseguirás jugar una partida de Monopoly con Brock y Vanessa.

–Perece muy tentador, pero no. Tengo otros planes. Pasaré treinta veces por delante de la casa de Danielle con el coche –miró a Matt–. Es un amor no correspondido.

Maggie se montó en el coche de Matt y Stevie se inclinó para mirar por la ventanilla.

–A lo mejor puedes darme algún consejo –le dijo a Matt–. Ya sabes, con la sabiduría que te da la edad. Hay una chica...

–Danielle –Matt miró a Stevie.

–Efectivamente. Es la más fabulosa, guapa, maravillosa... todo eso, pero no piensa en mí como un chico. Me considera su amigo, eso es todo.

Maggie se inclinó para mirar a su hermano a través de la ventanilla de Matt .

–Llama a su puerta y dile que quieres que todo el mundo sepa que estás enamorado de ella.

–Ni hablar –dijo Matt.

–¡Por Dios! –Stevie se apartó bruscamente–. Eso es espantoso.

–Sí y puede ser muy humillante –añadió Matt–. En tu caso, yo me lo tomaría con calma. iría despacio. No debes espantarla.

–Entretanto, el capitán del equipo de fútbol tomará el camino directo y se la llevará al baile del instituto –refutó Maggie.

–Oh, no –Matt se encogió.

–Oh, sí –reconoció Stevie–. Lamentable, pero cierto. Y aprovechando la alegría del momento, os deseo buenas noches.

Desapareció entre las sombras.

Matt miró a Maggie.

–Tu hermano pequeño ya no es tan pequeño.

–Qué horror, ¿no?

Matt arrancó el coche y sacudió la cabeza.

–A veces me gustaría volver a tener dieciocho años. Daría cualquier cosa por poder hacerlo.

Maggie dejó escapar un gruñido.

–Yo, no. Con una vez he tenido suficiente, gracias.

Matt salió a la carretera.

–Hay algunas cosas que yo haría de otra forma. No empezaría a fumar. No bebería ni tomaría drogas. Me habría cuidado más –miró a Maggie–. Y te habría pedido que salieras conmigo.

–¿Por qué no lo hiciste? –le preguntó Maggie.

Matt la miró con una sonrisa.

–¿Habrías salido conmigo si lo hubiera hecho?

–No –era completamente fiel a Angie–. Matt, sinceramente, siempre te consideré un amigo.

Eso fue hacía diez años. En ese momento, no se lo quitaba de la cabeza.

Él volvió a sonreír.

—Por eso no te lo pedí. No me gustaba mucho que me rechazaran.

Recorrieron unos kilómetros en silencio.

—Siento lo de la cena —dijo Maggie—. ¿Estás seguro de que sigues queriendo que trabaje contigo? Es evidente que la locura está al orden del día en mi familia.

Matt se rió.

—¿Acaso no pasa lo mismo en la mía?

Estaban entrando en el aparcamiento de Sparky's, el pub del pueblo.

—¿Qué haces? Tú ya no bebes, ¿verdad? —le preguntó Maggie.

—No, pero tú sí. Después de esa cena, necesitas algo potente.

—Carne asada... —Maggie sacudió la cabeza—. Es increíble que mi madre le ofreciera carne asada a un vegetariano. ¿Por qué no dijiste algo?

Matt ayudó a Maggie a bajarse del coche.

—Porque la gente suele sentirse violenta y rechazada si no tomas lo que te ofrecen de cena. Me lo tomé y no ofendí a tu madre —atravesaron el aparcamiento agarrados de la mano y entraron en la penumbra del bar—. Además, no me comí la carne. Es un viejo truco que aprendí en California. Hay que trocearla y esparcirla por el plato. Así, todo el mundo se queda contento.

Hacía casi siete años que Maggie no entraba en Sparky's, pero seguía igual. Era oscuro y olía como el sótano de un club de estudiantes.

–Un par de cervezas –dijo Matt al camarero.

El camarero dejó dos cervezas espumosas delante de ellos y Maggie dio un sorbo largo y placentero. Luego, miró a Matt.

Hacía diez años, a ella no se le habría ocurrido besar a Matthew Stone. Esa noche, le costaba pensar en otra cosa.

Maggie se acordó de las palabras que le había dicho a Stevie hacía unos minutos y comprendió lo inútil de su consejo. Era materialmente imposible que ella se volviera y le dijera a Matt que estaba enamorándose de él.

No podía. ¿Qué diría Angie si se enteraba? ¿Qué diría Matt?

Miró la cerveza taciturnamente y dio otro sorbo.

Matt dibujaba líneas en la escarcha de su vaso. ¡Su vaso de cerveza! ¿Qué hacía con un vaso de cerveza un tipo que había estado en un centro de desintoxicación?

–¿Vas a beberte eso? –le preguntó.

–No –Matt se rió–. No soy alcohólico, a pesar de lo que le has oído a Dan Fowler. Si no bebo es porque he decidido no hacerlo, no porque no pueda.

La miró fijamente a los ojos y ella notó que se ruborizaba.

–Perdona.

¿Qué le habría pasado hacía tres años? A ella le gustaría hablar de eso, pero a él no y no iba a insisitir.

Matt apartó el vaso vacío de Maggie y le pasó el suyo.

–Lo había pedido para ti. Vamos a jugar al billar.

–Creía que íbamos a hablar de trabajo.

–Prefiero jugar al billar. Mañana podemos hablar de trabajo.

–Mañana es domingo. Voy a cenar con Brock.

El rostro de Matt reflejó la opinión que tenía de Brock.

–¿Por qué pierdes el tiempo con él?

–No lo hago. Quiero decir, no voy a seguir haciéndolo...

Hubo un destello en los ojos de Matt. De satisfacción y algo más.

–Me alegro, porque es... –Matt se rió–. Será mejor que no empiece. ¿Cómo es posible que hayas salido con él durante... seis meses?

–Cinco meses –le corrigió ella–. Además, nunca hemos salido realmente, según la interpretación de Vanessa.

Matt sabía a lo que se refería.

–¡Caray! –exclamó–. Vaya... –se rió–. Entonces, si no estabas con él porque fuera increíble en la cama, ¿por qué saliste con él más de una vez?

Maggie cerró los ojos.

–Porque él quería estar conmigo. Porque los hombres encantadores no caen del cielo. Porque esperaba que llegara a gustarme. Porque quería una familia. Porque quería hijos. ¿Te había dicho que Angie está embarazada?

Lo miró convencida de que vería un gesto de incredulidad en su cara, pero estaba mirando al suelo con unos ojos rebosantes de tristeza.

¿Era posible que siguiera amándola?

Maggie le tocó el brazo.

–¿Te pasa algo? Quiero decir, entiendo que te impresione. Angie siempre juró que no tendría hijos, pero...

El gesto de tristeza se convirtió en perplejidad.

–¿Qué has dicho de Angie? Creo que me he perdido algo.

–Freddy y ella van a tener un hijo.

–¿En serio? Es maravilloso.

La desconcertada era ella. ¿Por qué se había puesto tan triste?

–Angie será una madre estupenda –continuó Matt–. Aunque no me la imagino cambiando un pañal.

Maggie terminó la segunda cerveza y una tercera apareció como por arte de magia. Entrecerró los ojos y miró a Matt.

–¿Quieres emborracharme para hablar de trabajo? Si me tomo otra cerveza, tendremos que jugar al billar porque no sabré lo que digo.

–Intento que te tranquilices –reconoció Matt–. Estás muy tensa.

Matt se bajó del taburete, se puso detrás de Maggie y empezó a hacerle un masaje en el cuello y los hombros.

–Tienes que relajarte. ¿Esto es lo que consigues siendo una abogada implacable?

Eso era lo que él conseguía. Maggie cerró los ojos y dejó que los dedos hicieran magia, como si los dos estuvieran en otro mundo donde Matt era algo más que un amigo.

Matt podía ver el rostro de Maggie reflejado en el espejo. Notaba que los hombros empezaban a relajarse. Tenía los ojos cerrados y los labios ligeramente separados.

Aquello era demasiado tentador. Soñaba con volver a besarla como la había besado durante la audición. Ella lo había alabado por su gran interpretación, pero no sabía que no había interpretado nada.

Rezaba para que los dos consiguieran los papeles protagonistas y así poder besarla una y otra vez.

—Deberíamos hablar de trabajo. ¿A qué hora quieres empezar mañana? —murmuró Maggie con los ojos todavía cerrados.

—¿A qué hora has quedado para cenar con Brock? —replicó Matt.

—A las seis.

—Entonces, empezaremos pronto —se inclinó hacia ella—. A las ocho. Podemos desayunar juntos, ¿de acuerdo? —le dijo al oído.

Matt giró el taburete de Maggie para que lo mirara.

¿Iba a besarla? Maggie buscó la respuesta en los ojos de Matt y sólo encontró incertidumbre. Él pensaría que estaba mirándolo como si quisiera comérselo, lo que le dejaría pasmado si pretendía que ese beso en el cuello, sensual como él solo, fuera un mero gesto amistoso.

—Como abogada tuya —dijo Maggie en parte para llenar ese silencio tan incómodo—, te recomiendo que conozcamos el resto de documentos que pueda haber en el tribunal.

Matt dio un paso atrás.

–¿Más documentos?

–El testamento de tu padre sólo dice, y cito textualmente, que debes mejorar la empresa en un período de tres meses, lo cual es bastante ambiguo. ¿Qué entendía tu padre por mejorar la empresa?

–Ganar más dinero –contestó Matt–. Ese era su único objetivo.

Maggie frunció el ceño.

–Tendré que echar una ojeada al informe financiero anual de la empresa y a los informes trimestrales de los últimos años. Los dos sabemos que la empresa va bien a pesar de la recesión. Estoy segura de que los beneficios brutos no varían de trimestre a trimestre.

Maggie pensó que no sería fácil mejorar una empresa floreciente en sólo tres meses. Cualquier medida que se tomara mediante una campaña publicitaria intensiva no aumentaría las ventas en tres meses. Maggie se apoyó la barbilla en la mano y miró al vacío.

–¿Qué piensas? –le preguntó Matt.

Ella lo miró.

–Me pregunto qué dirá ese codicilo.

–¿Qué es un codicilo?

–Es un apéndice a un documento. Hay una nota al pie del testamento de tu padre, con su firma, que dice que hay un codicilo. Estaba fechada unas semanas antes de su muerte, pero no estaba entre las páginas que me diste. El tribunal tiene una copia y tenemos que verla.

—¿Crees que servirá de algo? —le preguntó Matt.

—No lo sé. Seguramente también haya una copia en tu oficina. Deberíamos volver y empezar a buscarla.

Maggie se resbaló del taburete y estuvo a punto de caerse al suelo.

—La buscaremos más tarde —le dijo Matt mientras la agarraba—. Creo que estás preparada para jugar una partida de billar. ¿Quieres salir tú o lo hago yo?

Capítulo Cinco

Maggie abrió la puerta de la cocina y entró en su casa sin encender la luz. Se sentía mareada de toda la cerveza que había bebido. Normalmente no tomaba ni una y esa noche había tomado cuatro, ¿o habían sido cinco?

Ya había pasado la medianoche y sus padres estaban acostados. La casa estaba a oscuras, cerró la puerta con llave, fue de puntillas a la sala y...

En las escaleras, iluminada por la tenue luz de una farola de la calle, estaba Vanessa.

Besando a Brock.

Llevaba puesto el camisón.

Él tenía la chaqueta en la mano y la camisa desabotonada.

Era muy evidente que había estado con ella en su dormitorio.

—¡Vaya! —exclamó Maggie—. No has perdido el tiempo...

Su hermana y el hombre que le había pedido que se casara con él hacía unas semanas, se separaron bruscamente.

—¡Por Dios! —dijo Vanessa—. Me has dado

un susto de muerte.

Maggie encendió la luz. Brock, por lo menos, tenía la decencia de parecer abochornado.

Todo indicaba que Vanessa estaba más borracha que ella.

Maggie se sentó en el sofá.

—Tu coche no está aparcado delante de casa —le dijo a Brock.

—Lo he dejado... al final de la calle —reconoció—. Mira, Maggie, lo siento...

—Creía que eras amigo de Mitch.

—Lo soy.

—Menudo amigo...

Vanessa se sintió ofendida por el tono de Maggie.

—Mitch en un canalla que tendría que pudrirse en el infierno —dijo mientras se sentaba en el escalón que había entre el vestíbulo y la sala.

—Que ha pedido el divorcio porque estabas engañándolo —Maggie miró a Brock—. ¿Tú lo sabías?

—¡Porque él me engañaba! —Vanessa empezó a llorar—. Eres una hipócrita.

—Vaya. Creo que tengo derecho a ser un poco hipócrita cuando llego a casa y me encuentro con que te has acostado con mi novio.

–Creía que no vendrías a casa –se defendió Vanessa–. Ninguna mujer en su sano juicio haría que Matthew Stone la dejara en casa. Menos tú. Eres tan perfecta... Tan perfecta, tan decente, tan fría.

–Seguramente no sea el mejor momento pata tener esta conversación –intervino Brock.

–Cállate –le dijo Vanessa.

–Cierra el pico –le dijo Maggie al mismo tiempo.

–Creo que debería irme...

–¿Cómo has podido acostarte con ella? –le preguntó Maggie.

Brock tenía la respuesta escrita en la cara. Deseaba a Vanessa. Su hermana era ardiente, aunque estuviera borracha, tuviera el maquillaje corrido y el pelo fuera una maraña. Lo miró atónita.

–Quizá la pregunta debería ser cómo has sido capaz de pedirme que me casara contigo cuando estabas enamorado de ella –continuó Maggie.

–Lo siento... –masculló Brock–. Creía que... –sacudió la cabeza–. Lo siento.

Por eso él no había insistido cuando ella le había dicho que quería esperar antes de pasar la noche juntos.

–¿Te has estado acostando con ella durante todo este tiempo?

–No –contestó Brock–. Claro que no.

–No –repitió Maggie–. Solo deseabas hacerlo.

Había estado a punto de casarse con un hombre que realmente deseaba acostarse con su hermana. Se levantó y miró a Vanessa.

–Y tú lo sabías. Eres una zorra.

–Muy bien –reconoció Vanessa–. Soy una zorra. Prefiero ser una zorra que una estrecha que se niega porque sólo lleva saliendo cuatro meses y no puede acostarse con él.

–¡Dios mío! –Maggie miró a Brock–. ¿Has comentado nuestra vida sexual con ella?

–¿Qué vida sexual? –Vanessa se rió–. No había ninguna vida sexual.

–Desde luego no como la tuya –le espetó Maggie–. Yo no me acuesto con desconocidos en el aparcamiento de un bar.

–Ya. La niña buena y ejemplar. Tu no te acuestas y punto. No sé por qué Matthew Stone te mira siquiera. Seguro que él se acuesta con cualquier mujer, pero tal y como vistes es difícil saber si eres mujer o no. Si te has acostado con él, no durará ni una semana. Aunque estoy segura de que se aburrirá como una ostra después de estar una hora contigo.

Maggie se quedó boquiabierta.

—Eso que has dicho es espantoso.

—Vanessa... —intervino Brock.

—Es verdad —Vanessa rompió a llorar—. Eres tan perfecta... Te odio.

—No pienso vivir en esta casa contigo —le dijo Maggie—. Sé que dices todo esto porque estás dolida y no puedes soportar que Mitch te abandone, pero yo no lo aguanto. Diles a papá y mamá que me he mudado. Por el bien de todos —añadió.

Las palabras hicieron que se sintiera considerablemente desahogada, a pesar de la furia y el dolor, a pesar de la náusea y el estómago revuelto.

—Quizá deberíais esperar hasta mañana para tener esta conversación —repitió Brock.

—Quizá deberías irte al infierno —le dijo Maggie.

Agarró el maletín y salió a la calle por la puerta de la cocina.

Se montó en el coche, pero la cabeza le daba vueltas y tenía el estómago revuelto.

Tenía ganas de vomitar.

Miró las llaves del coche. ¿Cuántas cervezas se había bebido?

Demasiadas para conducir.

Abrió la puerta del coche de un golpe y se bajó.

En ese momento se puso a llover, como si

hubiera esperado al momento preciso.

Maggie sacó pecho y, con el maletín en la mano, empezó el largo paseo hasta el pueblo.

Stevie subió el volumen de la radio y puso los limpiaparabrisas. Encendió las luces cortas al ver que alguien caminaba hacia él por la carretera.

Tampoco era cuestión de dejar ciego al pobre desgraciado que iba empapado.

Stevie pisó los frenos y el coche derrapó entre el chirrido de las ruedas. Aquel no era un desgraciado cualquiera. ¡Era su hermana! Se puso a su lado y bajó la ventanilla.

Ella siguió andando.

—¡Eh, Maggie!

Ella ni lo miró.

—¿Adónde vas? —le preguntó Stevie.

—Al pueblo —le contestó ella como si fuera lo más normal del mundo.

—¿Quieres... que te lleve?

—No, gracias.

Stevie aparcó a un lado de la carretera, se bajó del coche y corrió un poco hasta alcanzar a su hermana.

—Maggie, ¿qué te pasa?

Su puso delante de ella.

—Stevie, si no te apartas vomitaré encima

de ti.

Stevie se apartó de un salto y ella siguió su camino.

—¡Maggie!

Ella no se volvió.

Maggie iba al motel Sachem's Inn. No se encontraba bien, pero sí se encontraba algo mejor desde que había vomitado.

Le quedaban un par de kilómetros hasta el pueblo y luego otro kilómetro más hasta el puerto y el motel que daba al mar. Solo podía dar un paso y luego otro paso y otro más. Al final, todos los pasos sumarían tres kilómetros.

Se paró en seco.

Matthew.

El motor de su coche desprendía una pantalla de vapor detrás de él. Solo llevaba un pantalón de deportes muy pequeño color caqui. La humedad de su cuerpo desnudo resplandecía a la luz de una farola. Hacía tanto frío que el vaho de su respiración casi ni se movía en el aire, pero él la miraba sin inmutarse.

—Hola, hombre de la selva —le dijo Maggie—. Me he escapado de casa.

—Eso he oído. Steve me ha llamado. Ya era

hora de que te fueras de allí. ¿Puedo llevarte a algún lado?

—¿Me llevarás a donde yo quiero ir? —le preguntó Maggie.

—Depende.

—Entonces, déjalo. Iré andando.

Maggie quiso pasar de largo, pero él le agarró el brazo.

—Si vas a ir andando, iré contigo —no era una amenaza vana.

—No vas vestido como para dar un paseo bajo la lluvia.

—Tú tampoco. Vamos, móntate en el coche.

Maggie lo miró durante un buen rato.

—Por favor —le pidió él.

—Tengo aspecto de haberla fastidiado, ¿verdad?

Matt sonrió.

—Algo así, pero supongo que tienes un buen motivo. ¿Por qué no nos montamos en el coche y me lo cuentas?

—¿Me llevarás a donde quiero ir? —volvió a preguntarle Maggie.

—Sí.

Maggie se montó en el coche.

Matt encendió el motor y puso la calefacción.

—Estoy destrozándote los asientos de cuero —Maggie agarró el tirador de la puerta.

Matt cerró los pestillos y puso el coche en marcha.

–No importa. Dentro de unos meses seré millonario y me compraré otros.

–Quiero ir al motel Sachem's Inn. –dijo Maggie.

–¿De verdad? –la miró de reojo–. ¿Conmigo?

–Muy gracioso. Tú llévame ahí.

Matt suspiró.

–No voy a llevarte ahí y abandonarte.

–Lo has prometido.

–No lo he hecho.

–Has dicho que me llevarías a donde yo quisiera.

–Sí, pero no lo he prometido.

–Majadero.

Maggie se puso a llorar. Por fin se había ido de casa y lo había hecho por sus propios medios, aunque hubiera bebido demasiado como para conducir. Sin embargo, de repente, la habían rescatado y ella no quería que la rescataran, ni siquiera Matthew Stone, el hombre de la selva.

Se pararon en un semáforo en rojo y Matt se volvió para mirarla.

–Quiero hacerlo a mi manera, Matt –tenía los ojos empañados de lágrimas–. Por favor, déjame.

El semáforo se puso verde, pero Matt no hizo caso. Tomó aire para no ablandarse por las lágrimas.

–Creo que no es una buena idea que pases la noche sola. Si te empeñas en ir al motel, yo iré contigo.

–Me empeño– Maggie se secó las lágrimas y levantó la barbilla–. Y no necesito una niñera.

–Mala suerte, porque lo tengo decidido.

–Vaya, yo también lo tengo decidido y voy a quedarme sola.

Se miraban fijamente a los ojos. El semáforo se puso rojo otra vez.

–Lleguemos a un acuerdo –propuso Matt–. Primero vienes a casa conmigo. Podemos entrar en calor, comemos algo y hablamos...

–No quiero hablar –Maggie se cruzó de brazos mirando al frente.

–Muy bien. Podemos estar en silencio mientras nos relajamos en el jacuzzi. Luego te llevaré al motel, si sigues queriendo ir.

Maggie lo miró.

–¿Un jacuzzi?

–Ya estaba lleno –dijo Maggie con un tono de sorpresa–. Está caliente.

Maggie estaba temblando de frío en el cuarto de baño de Matt y miraba al vapor que salía de la bañera.

–Estaba dentro cuando llamó Steve.

Matt tiró con impaciencia de la cremallera de la chaqueta de Maggie. Se atascó un poco, pero al final consiguió bajarla y quitarle las mangas mojadas de los brazos. Tenía la piel helada.

Intentó hacer lo mismo con los botones de los pantalones, pero ella le apartó las manos.

–Puedo hacerlo yo sola.

–Entonces, hazlo y métete dentro antes de que te mueras de frío.

Ella dudó un instante.

–No tengo traje de baño.

Matt se rió.

–No necesitas traje de baño para darte un jacuzzi. Por amor de Dios, Maggie. Me daré la vuelta, pero métete dentro de una vez.

Hizo lo que había dicho mientras ella se quitaba la ropa. Efectivamente, tenía que estar borracha porque si no se habría dado cuenta de que había espejos por todos lados y que daba igual que se diera la vuelta. Podía verla desde todos los ángulos y... Un hombre más caballeroso se habría tapado los ojos, pero la vida era demasiado corta.

Matt vio cómo se metía en el agua y fue

algo maravilloso. Le tocaba desnudarse a él. Habría que ver cómo reaccionaba ella.

–Iiiii –exclamó Maggie cuando empezó a bajarse los pantalones justo delante de ella y cerró los ojos hasta que él estuvo sentado dentro de la bañera–. ¿No te parece raro?

–¿Qué te parece raro?

–Bueno, por ejemplo, que estamos desnudos –contestó ella.

Matt se encogió de hombros.

–A mí me parecería mucho más raro que no lo estuviéramos.

Maggie lo miró con los ojos entrecerrados.

–Es raro y lo sabes perfectamente.

Matt asintió con la cabeza.

–De acuerdo, es raro, pero eso no quiere decir que no sea agradable.

–Tengo una fantasía en la que un desconocido me alarga la mano y me libra de mi vida –dijo Maggie.

–Vaya, seguro que mucha gente la tiene.

–Es una cobardía. Es como querer quedarte tumbada y que te rescaten.

–No tiene nada de malo –aseguró Matt.

–Claro, ¿quién va a decir que el resultado iba a ser el mejor para mí? Mi fantasía tendría que ser que me acerco al hombre de la selva y le digo que se escape conmigo y que lo haga como yo diga.

–Esa fantasía también está bien –Matt se rió–. Maggie, tengo la sensación de que quieres decirme algo, pero me parece que no lo entiendo bien del todo. ¿Podríamos dejar de hablar en clave? Me gustaría hablar de lo que ha pasado esta noche para que te fueras de casa.

Maggie se hundió en el agua hasta la altura de la nariz.

–Steve me ha dicho que él creía que Vanessa y tú os habíais peleado.

Los ojos de Maggie se llenaron de lágrimas.

–Cuéntamelo –le pidió Matt.

Maggie sacó la boca por encima del agua.

–Si hiciéramos el amor, ¿te aburrirías de mí al cabo de una hora?

Matt se atragantó.

–¿Qué...?

Fantástico, lo había puesto en una situación violenta. Cerró los ojos.

–Nada. Da igual.

–No –dijo él mientras se acercaba a ella en la bañera. Comprendió que eso era un error y volvió a colocarse detrás de la línea imaginaria–. Me has preguntado si me aburriría en la cama contigo, ¿no? ¿Te ha dicho eso Vanessa? Maggie, tomó mucho vino en la cena y está desquiciada por... –Maggie seguía inmóvil con los ojos cerrados–. Para responder a tu pregunta, te diré que no. Claro que no me aburriría.

Maggie abrió los ojos y miró a otro lado..

–Ha sido una tontería preguntártelo. ¿Qué podías responder?

Muy bien. El juego se había terminado. Matt cruzó la línea hasta ponerse junto a ella.

–Que conste –la tomó de la barbilla para que lo mirara–. No creo ni remotamente que hacer el amor contigo fuera aburrido. No me aburriría ni en cien horas y es algo bastante fácil de demostrar.

–¿Qué harías si te dijera que lo demostraras?

Lo miraba fijamente a los ojos sin necesidad de que le sujetara la barbilla, pero él no apartó la mano. Tenía la piel muy suave y por fin había entrado en calor. Los labios estaba ligeramente separados, las mejillas deliciosamente sonrosadas y los ojos muy brillantes.

Demasiado brillantes.

–No puedo. Al menos, esta noche. Has bebido y no sería justo.

–No estoy bebida –afirmó ella con esa indignación que sólo demuestra quien ha bebido demasiado.

–Yo creo que sí –replicó Matt–. Pero, aunque no estés bebida, estás enfadada y no quiero acostarme contigo porque estés furiosa con tu hermana.

–Tú lo has dicho –Maggie se alejó de él–. No quieres acostarte conmigo.

–¡Ni hablar! ¡Lo interpretas mal! Eso es una maledicencia. Retíralo o te hago una ahogadilla.

Maggie se fue alejando hacia el fondo de la bañera, pero a la vez se inclinó hacia a él.

–Matt, dame un beso.

Eso sí podía hacerlo.

Él también se inclinó lentamente hasta que los labios se encontraron con una suave caricia. Los labios de Maggie eran tan delicados y cálidos... tan anhelantes...

Era muy difícil apartarse y dejar de besarla. Además, tenía que volverse hacia otro lado para que ella no viera las lágrimas que le habían empañado los ojos.

Matt esbozó una sonrisa forzada.

Maggie no sabía si reír o llorar. Matt la trataba como la había tratado siempre, como si pudiera quebrarse, como si fuera a avergonzarse por la mañana. Ella sabía que lo haría, pero también quería que Matt le diera un beso de los que le habían hecho famoso en el instituto, un beso que la estremeciera de pies a cabeza.

—Me parece que deberíamos volver a intentarlo —propuso Maggie.

—A mí me parece que tengo que salir de esta bañera —replicó Matt.

—Yo creo que empiezo a tener dudas sobre quién iba a aburrir a quién en la cama —se quedó atónita de las palabras que salían de su boca.

—¿De verdad?

Matt la miraba con un brillo extraño en los ojos. No se movió, permaneció muy quieto.

Ella sí se movió un poco hasta que el agua casi no le tapaba los pechos. Matt bajó la mirada y volvió a subirla hasta su rostro.

—No voy a aprovecharme de ti —le dijo Matt aunque seguía sin moverse.

—No es aprovecharse, es lo que quiero.

Maggie se levantó.

Él también se levantó, salió de la bañera y se ató una toalla alrededor de la cintura.

—Estás demasiado enfadada y bebida como para saber lo que quieres.

—¡No lo estoy!

—Por favor, no...

—Por primera vez en mucho tiempo, estoy tomando mis propias decisiones...

—Esto no es una decisión. Es una reacción impulsiva —levantó la voz para interrumpirla—. Si hacemos el amor esta noche, todo cambiará entre nosotros. Quizá sea maravilloso. Quizá mañana te levantes y sigas queriéndome. Quizá seamos unos enamorados toda la vida, pero quizá no pase eso –le dio una toalla a Maggie–. Quizá sea un revolcón de una noche. No me importa que me utilices, Maggie, pero no voy a permitir que me exprimas. Valoro demasiado tu amistad como para tirarla por la borda por una noche.

–Lo siento –murmuró ella.

Matt fue hacia la puerta.

–Sécate. Iré a buscarte algo de ropa. Luego ya discutiremos si te llevo al motel o no.

Matt volvió al cuarto de baño con sus pantalones cortos más pequeños, una camiseta y una sudadera.

Maggie había desaparecido.

Había pasado de largo junto a ella. Estaba acurrucada en medio de la cama. No era la cama de Matt, pero, seguramente, ella no lo sabía.

Matt suspiró y se acercó, pero se dio cuenta de que estaba completamente dormida.

Tenía la melena oscura esparcida por la almohada y Matt la tapó con la sábana. Se quedó mirándola. Las pestañas largas y oscuras contrastaban con la palidez de su piel y las pecas le recorrían las mejillas y la nariz. Parecía la misma jovencita que había conocido hacía muchos años.

Cuando él tenía diecisiete años, no habría resistido la tentación de desnudarse y meterse en aquella cama.

Con treinta años... dejó escapar una maldición en voz baja y recogió la toalla que ella había dejado caer al suelo. Le llevó al cuarto de baño y la colgó para que se secara. Apagó la luz.

Era hora de irse a la cama.

Sin embargo, volvió a mirarla a la luz del vestíbulo.

Se acercó y se sentó en el borde de la cama.

Era un estúpido. Podía haber hecho el amor con ella. Podía estar junto a ella en ese momento.

Sin embargo, a la mañana siguiente todo habría cambiado y tendrían que vivir con las consecuencias.

Quizá consiguiera que ella se enamorara de él. Quizá; eso sería maravilloso. Sin embargo, ella se habría enamorado de alguien que no podía prometerle nada. Maggie quería una familia, hijos y un marido que estuviera cerca de ella.

Matt no podía garantizar nada.

Sin embargo, sí sabía lo que quería. Estaba seguro de algo por primera vez en muchos años. La quería a ella. Seguía queriéndola después de tanto tiempo.

Todavía se acordaba del lejano día que comprendió que estaba enamorado de ella. Se quedó espantado y no podía creérselo. El gran Matthew Stone, el rompecorazones, no se enamoraba. Cuando se dio cuenta de que, efectivamente, había sucumbido, tuvo que soportar que ella lo considerara como un amigo y nada más.

Cuando se fue a la universidad fue de fiesta en fiesta seguro de que podría olvidarse de Maggie. Seguro de que sólo había sido un enamoriscamiento de instituto.

Había salido con una serie interminable de rubias con piernas largas, había bebido mucho y había sido terriblemente infeliz.

En algún momento dejó de añorarla.

Al menos eso creyó.

Matt alargó una mano para acariciarla. Tenía la piel muy suave. Quería besarla, paladearla, inhalarla...

Se iría al cabo de un minuto.

Sin embargo, se tumbó acodado en la cama con la cabeza apoyada en la mano. Se inclinó para besarle el hombro y ella sonrió en sueños y se acurrucó contra él.

Supo que no se iría a ninguna parte y la rodeó con los brazos.

Al día siguiente, Maggie se despertaría y se lo encontraría allí. Si entonces seguía deseándolo, nada lo detendría, fueran cuales fuesen las consecuencias.

Capítulo Seis

Maggie se despertó por el ruido de la brisa marina contra la persiana.

La habitación estaba en penumbras, pero la luz del sol se abría paso entre las rendijas de sombra. La intensidad de la luz le indicaba que era tarde, seguramente sería después de mediodía.

Se desperezó y la pierna chocó contra algo muy duro. Los recuerdos de la noche anterior le surgieron como un volcán.

Era Matt que estaba tumbado junto a ella y completamente dormido. La melena le tapaba la cara. Estaba de costado con un brazo debajo de la cabeza y las piernas por encima de la sábana. Llevaba unos pantalones cortos, lo cual era un alivio. Maggie era muy consciente de que ella no llevaba nada.

Había intentado seducirlo la noche anterior, pero él se había resistido.

Se ruborizó. Se había arrojado a sus brazos, pero él había dejado muy claro que solo quería ser su amigo.

Entonces, ¿qué hacía en la cama con ella?

Sonó el teléfono, repentinamente, estridentemente, y Matt se agitó. Abrió los ojos, la miró un instante, y se volvió para contestar la llamada.

–¿Dígame?

Le salió una voz ronca por el sueño. Se sentó, se apartó el pelo de la cara y dejó escapar una maldición en voz baja. Escuchó un momento y le pasó el teléfono a Maggie.

–Es tu hermano.

–Stevie... –dijo ella mientras se cubría con la sábana.

–Hola, Maggie –le contestó su hermano con un tono de asombro–. ¿Seguís en la cama?

–Bueno, algo así, pero no es lo que tú...

–Estoy realmente impresionado y me alegro de haber llamado. Papá y mamá van de camino.

–¡Dios mío! –miró a Matt y comprendió que él había oído a Stevie.

–Voy a ducharme –le dijo Matt–. Te he dejado algo de ropa en el cuarto de baño.

–Van a tener una charla contigo –le dijo su hermano–. Mantente firme y no dejes que se acerquen lo suficiente como para ponerte la camisa de fuerza.

–Muy gracioso. Stevie, gracias por llamar.

Maggie colgó y fue al cuarto de baño. Bebió directamente del grifo del lavabo para intentar que la cabeza no le explotara.

Se vistió rápidamente. La ropa interior estaba seca, pero el resto seguía húmeda. Se puso la ropa de Matt. Parecía una niña que jugaba a disfrazarse y el pelo...

Dormirse con el pelo mojado era lo ideal para conseguir un peinado llamativo. La única solución para parecer alguien normal era hacerse una cola de caballo.

Fue a buscar a Matt para que le diera algo para sujetárselo.

Siguió el ruido del agua y subió por una enorme escalera de caracol hasta el cuarto piso. No era un piso entero. Había un descansillo muy pequeño en lo alto de la escalera y una sola puerta. Maggie llamó con los nudillos, pero no hubo respuesta. Giró el picaporte y la puerta se abrió de par en par. Había otra puerta a la derecha. Era el cuarto de baño, lo supo por el ruido. Había más escaleras y las subió.

Era el cuarto de Matt. No tuvo ninguna duda. Era la habitación del torreón, grande y espaciosa. Era octogonal y una ventana ocupaba cada pared. No tenían cortinas sino unos estores que estaba levantados.

La luz entraba por todos lados. La carpintería de las ventanas era blanca, como todos los muebles y la ropa de cama. No había muchos colores en la habitación, ni falta que hacía, la naturaleza los proporcionaba sobradamente.

Se abrió la puerta del cuarto de baño y Matt entró en la habitación. Maggie se ruborizó. Solo llevaba puestos unos calzoncillos blancos.

—La habitación es bonita, ¿verdad? —dijo sin mostrar ninguna sorpresa por encontrarse con ella.

—Es preciosa. En realidad estaba buscando algo para sujetarme la cola de caballo.

—En el cajón del cuarto de baño.

Fue al cuarto de baño. Seguía lleno de vapor a pesar de que la ventana estaba abierta. Era un cuarto pequeño, nada parecido al cuarto de baño enorme del jacuzzi.

Revolvió en un cajón lleno de peines y cuchillas de afeitar.

—Creo que tendrías que decirles a tus padres que vas a quedarte aquí una temporada —Matt apareció en el quicio de la puerta.

—Creo que no es una buena idea —intentó peinarse con un cepillo de Matt—. Creo que a mis padres tampoco se lo parecería.

—Tengo ocho dormitorios vacíos —insistió él—. No tienen por qué temer por tu honra.

Evidentemente, ella tampoco tenía nada

que temer. Dejó el cepillo en el borde del lavabo.

–Maggie, tenemos que hablar de lo que pasó anoche –le dijo Matt como si le hubiera leído el pensamiento.

–¿Qué podemos decir? –pasó junto a él y se dirigió hacia las escaleras que llevaban al piso principal–. Supongo que tendría que pedirte disculpas y darte las gracias. Esta mañana me habría sentido muy avergonzada si...

Se habría sentido algo más que avergonzada. Seguramente se habría sentido humillada porque él le habría hecho un favor.

Matt la siguió escaleras abajo.

Maggie se volvió para mirarlo.

–Eres un buen amigo y tenías razón. Nuestra amistad es demasiado valiosa como para ponerla en peligro.

Matt tenía una expresión indescifrable.

Sonó el timbre de la puerta.

–Hablaremos más tarde –dijo él–. Ha llegado el momento del espectáculo.

Sus padres iban vestidos para ir a la iglesia. Miraron a Matt y a Maggie a través del cristal de la puerta.

–Señores Stanton –dijo Matt amablemente–. Pasen, por favor.

–¿Maggie, estás bien? –le preguntó su padre.

Su madre la abrazó.

–Cariño, queremos hablar contigo y sería más fácil en casa.

–¿Tienen sed? –preguntó Matt–. Traeré un poco de limonada.

–No –contestó Maggie cortantemente–. Yo no tengo sed y mis padres tampoco.

–Maggie, sólo quería ser educado y concederos un poco de intimidad.

–No necesitamos intimidad –se volvió hacia sus padres–. Voy a quedarme aquí algún tiempo.

Sus padres empezaron a hablar a la vez.

–Maggie, comprendemos que te sientas indignada por Vanessa y Brock...

–Vanessa se ha ido a casa de Brock –le dijo su padre–. Lo que ha hecho no tiene justificación. No sería justo que tú te fueras. Además, sería muy repentino que te vinieras aquí...

–Un momento –le interrumpió Maggie–. No os equivoquéis. Matt tiene muchas habitaciones libres y me ha ofrecido un sitio para quedarme. Somos amigos, papá. Sería como irme a vivir con Angie.

Su padre miró a Matt de arriba abajo.

–No pretenderás que nos lo creamos, ¿verdad? –se volvió hacia Matt–. Quizá sea buena idea lo de la limonada.

Matt, sin embargo, sabía que ella no quería quedarse a solas con sus padres.

—Claro —dijo despreocupadamente antes de volverse hacia Maggie—. ¿Me echas una mano?

Maggie estuvo a punto de salir corriendo a la cocina.

—Pasen a la sala —les dijo Matt.

Luego siguió a Maggie y cerró la puerta de la cocina.

—¿Qué es eso de Vanessa y Brock? —le preguntó mientras buscaba unos vasos por los armarios.

—Anoche me encontré a Vanessa y Brock dándose un beso de buenas noches —Maggie se sentó en una silla y puso la cabeza entre las manos—. En realidad, se habían acostado juntos.

Matt soltó un juramento y puso una aspirina y un vaso de agua en la mesa de la cocina, delante de Maggie.

—Gracias. Al parecer, Brock siempre había estado interesado por Vanessa. Ella y yo tuvimos una pequeña pelea.

—Menudo imbécil —dijo Matt—. Entonces, eso es lo que pasó anoche.

Maggie asintió con la cabeza sin poder mirarlo a los ojos.

—No puedo creerme que fuera tan tonta como para no darme cuenta de que no me quería a mí.

Matt sacó una jarra con limonada de la nevera y la revolvió con una cuchara larga.

—Maggie, él quería casarse contigo.

—Hasta que Vanessa quedó libre. Entonces, ya no hubo duda.

—Pero tú no querías casarte con él...

—No se trata de eso —estuvo a punto de gritarle—. Por Dios, ¿cuántos chicos del instituto me pidieron que saliera con ellos sólo para poder acercarse a Vanessa?

—Demasiados. Eso duele. Me acuerdo de lo que te fastidiaba.

—Creía que ya se había terminado. Creía que por fin interesaba a la gente por mí misma, no por mi hermana. Pero estaba equivocada. Me siento insignificante, inútil y estúpida.

Matt se sintió fatal. Él también la había rechazado. Él creía que estaba haciendo lo más correcto y había echo lo peor posible.

—Maggie...

—Lo superaré —le cortó Maggie—. Siempre lo he hecho. Pero tengo que reconocer que estoy pensando en irme a vivir a algún sitio donde nunca hayan oído hablar de Vanessa.

—Quizá no sea una mala idea —aceptó Matt—. Voy a hacer un trato contigo, si dentro de tres meses no he conseguido esa herencia, nos haremos con una de esas caravanas y recorreremos Estados Unidos.

Ella se puso la cara entre las manos. No se sabía si estaba riéndose o gruñendo.

–Por lo pronto, ya sé qué voy a decirle a tus padres –le dio la jarra de limonada–. Lleva esto, ¿te importa?

–¿Qué? –le preguntó Maggie–. ¿Qué vas a decirles?

Matt agarró la bandeja con los platos.

–Ellos no van a creerse que no hay nada entre nosotros. Podemos negarlo por activa y por pasiva, pero van a pensar que estás viviendo conmigo. Ya sabes lo que quiero decir.

–Pero no es verdad.

–Yo lo sé y tú lo sabes, pero negarlo sólo conseguirá enfurecerlos. Tú sígueme –le dijo con una sonrisa–. Imagínate que es una improvisación.

–Detesto las improvisaciones –murmuró Maggie mientras lo seguía fuera de la cocina.

Los Stanton levantaron la mirada cuando Maggie y Matt entraron. Matt dejó la bandeja en la mesilla.

–Deja la limonada ahí mismo y siéntate a mi lado, cariño –le dijo Matt a Maggie.

¿Cariño...? Maggie miró a Matt de tal forma que él estuvo a punto de soltar una carcajada.

Matt sirvió la limonada, dio un vaso a la señora Stanton y otro al señor Stanton y palmeó el sofá a su lado.

Ella se acercó lentamente. Se sentó a su lado. Él le pasó un brazo por los hombros.

–Maggie y yo hemos hablado en la cocina y hemos pensado que lo mejor es que sepan la verdad.

El señor Stanton asintió con la cabeza.

–Yo lo agradecería.

–Anoche le pedí a Maggie que se casara conmigo –anunció Matt.

Podía notar la incredulidad en el rostro de Maggie y hacía todo los posible por no reírse.

–¿Qué? –dijo la señora Stanton.

–¿Qué? –dijo el señor Stanton.

–¡Matt! –dijo Maggie.

Matt la calló con un delicado beso.

–No es ningún secreto que me gusta desde hace muchos años –les confesó antes de mirar a Maggie–. ¿Verdad, cariño?

La señora Stanton miró a Maggie.

–Pero...

–Ella aceptó –dijo Matt mientras estrechaba los hombros de Maggie.

–No acepté –le contradijo ella dándole un codazo en las costillas.

–Evidentemente, todavía estamos atando algunos cabos sueltos –dijo rápidamente

Matt mientras le ponía una mano en la rodilla y la subía por el muslo desnudo–. No está segura de que sea lo más correcto después de lo que ha pasado.

–Entiendo –concedió el señor Stanton que no quitaba los ojos de la mano de Matt que seguía subiendo por el muslo de Maggie.

–Hemos decidido que lo mejor será que vivamos juntos para ver cómo funciona –explicó Matt.

Los padres, naturalmente, estaban hundidos.

–Tendrá que saber que no lo aprobamos.

–Me hago cargo, señor –dijo Matt solemnemente–, pero quiero a Maggie y temo que si vuelve a casa con ustedes, nunca se decidirá.

Su padre sacudió la cabeza.

–Bueno, nunca se le ha dado muy bien tomar decisiones –reconoció sombríamente.

Hablaban de ella como si estuvieran vendiendo un caballo o una planta de interior.

–Puedo saber lo que quiero fácilmente –dijo algo acalorada–. Es realidad, aquí no hay nada que decidir. Es absurdo y...

Matt vio que Maggie sonreía y que estaba planteándose la posibilidad de aceptar. La conmoción sería de órdago.

La animaba en su interior.

Aunque... Tendría que decirle la verdad sobre lo que había hecho los tres últimos años. Tendría que decírselo si iban a casarse. Tendría que contarle eso y mucho más. ¡Caray! Sería mejor que parara el asunto. Era una representación. No era la vida real.

Se inclinó hacia Maggie.

—Dilo —le susurró.

Ella lo miró fijamente.

—Dilo —le repitió—. Vamos, Maggie. Cásate conmigo.

Se bajó del sofá, hincó una rodilla en el suelo, le tomó la mano y se la llevó a los labios mientras, los padres de Maggie, lo miraban sin poder creérselo.

—Por favor...

—Es un disparate —dijo Maggie por fin—. Matt, levántate. Tenemos que decirles la verdad.

Era la única respuesta que no esperaba Matt y disimuló la risa con una tos.

—La verdad... —Matt volvió a sentarse en el sofá—. Ya, quieres decir la verdadera verdad.

Maggie lo miró con aire de inocencia y de expectación Esperó a que tomara la iniciativa.

Él no podía hacerlo porque se había quedado en blanco.

Ella le echó un cable.

—Lo de Internet —dijo Maggie—. www.bodasvegas.com...

Matt no lo entendió muy bien y la besó delante de sus padres para disimular.

—Vaya... Te adoro —confesó Matt con tal sentimiento que ella también estuvo a punto de creérselo.

El padre de Maggie se aclaró la garganta.

—¿Qué es eso de Internet?

—Ya no hace falta ir a Las Vegas para casarse rápidamente —les explicó Matt siguiendo el hilo—. Uno puede casarse mediante una página de Internet —besó la mano de Maggie—. Lo hicimos anoche.

—¿Es legal? —le preguntó la madre de Maggie.

—Completamente —afirmó Matt—. Mandan un certificado de matrimonio por correo. Tarda un par de semanas porque antes... lo imprimen en un papel especial.

El padre iba a oponerse, pero Maggie se adelantó.

—Papá, tengo veintinueve años.

Él asintió con la cabeza.

—Lo sé. Creo que es un error que vivas aquí y creo que es un error que te cases precipitadamente con alguien que no habías visto desde hace diez años. Nos gustaría que vinieras a casa. Hemos venido aquí para decírtelo. Eso y que te queremos —miró a

Matt–. Si le hace el más mínimo daño, se arrepentirá de haber nacido.

Se levantó y estrechó la mano de Matt. Luego dio un abrazo a Maggie.

–Es la mayor sarta de mentiras que he oído en mi vida –le susurró a Maggie–, pero tu madre te cree. Decide si vas a casarte con este tipo y hazlo deprisa, ¿me has oído?

Maggie asintió con la cabeza y le dio un beso en la mejilla. Su madre le dio otro abrazo y salieron fuera.

Matt le pasó el brazo por la cintura mientras veían cómo se alejaban sus padres.

–¿Otro beso de demostración? –le susurró.

Ella le dio un buen codazo en las costillas.

–Ya tuviste tu oportunidad anoche, corazón. ¿Cómo has sido capaz de decirles a mis padres que íbamos a vivir juntos? ¿No se te ha ocurrido que a mi madre podía haberle dado un ataque al corazón en medio de la sala?

–Y yo te aseguro que no iban a creerse que íbamos a vivir aquí en platónica armonía –le contestó Matt mientras se frotaba el costado–. Ha sido increíble que se te ocurriera lo de las bodas por Internet. Ojalá se me hubiera ocurrido a mí. Ha sido la mejor improvisación desde hace mucho tiempo. ¿Has visto sus caras?

Maggie lo miró sin pestañear.

–No ha sido una improvisación, Matt. Era mi vida. ¡Ahora mi madre piensa que estamos casados!

–Pero ha funcionado. No te han presionado para que volvieras a casa.

–Ella querrá ver el certificado en un papel especial. Papel especial... Muy ocurrente.

–Estaba pensando con los pies –dijo Matt mientras ella lo apartaba para entrar en la casa–. ¡No me atosigues!

Maggie se volvió.

–Dame las llaves de tu coche.

Matt entró en la cocina y volvió con las llaves del Maserati.

–¿Adónde vas? –le preguntó mientras se las daba–. ¿Puedo acompañarte? Al fin y al cabo, es nuestra luna de miel.

–De compras. No, no puedes acompañarme.

Capítulo Siete

El sol estaba poniéndose por el horizonte cuando Maggie volvió del centro comercial. Matt estaba en el balancín del porche y vio cómo bajaba del coche una bolsa tras otra.

—Cariño, ya estoy en casa —dijo ella con tono cantarín.

—Vaya, parece mi mujercita —comentó Matt mientras se acercaba a ayudarla—. Menos mal que has recuperado el buen humor.

—No hay nada como hacer cuatro compras para tranquilizarse.

—¿Cuatro compras? —Matt tenía los brazos llenos de paquetes—. Vas a estar pagando tu tarjeta de crédito hasta que tengas ochenta años.

—Tu tarjeta de crédito —replicó ella sin alterarse—. Te recuerdo que estamos casados.

—Ah, de acuerdo. Te lo recordaré cuando llegue la hora de acostarse —Matt lo dijo imitando a Groucho Marx.

—Era broma —Maggie lo dijo sombríamente. Para Matt no lo era.

—Lo he pagado en efectivo —continuó

Maggie–. He pasado tres años trabajando para A&B y vivía con mis padres. ¿Te acuerdas? Puedo permitirme derrochar un poco y quería hacerlo. Me he comprado la ropa que me apetecía.

Matt sacó un traje veraniego.

–Póntelo –lo dejó encima del hombro de Maggie–. Te invito a cenar. Vamos a celebrarlo.

Maggie lo miró fijamente.

–A celebrar, ¿qué? Si dices nuestro reciente matrimonio, te doy una bofetada.

–¿Qué te parece celebrar que hayamos conseguido los papeles protagonistas para la representación?

–¿En serio? –Maggie tenía el rostro radiante.

–Sí –Matt sonrió–. Ha llamado Dan Fowler. Tú eres Lucy y yo soy Cody Brown. El primer ensayo es mañana por la noche.

–¡Es maravilloso! –Maggie se puso a bailar por el vestíbulo–. Quería ese papel con toda mi alma.

Matt la miraba con una sonrisa de oreja a oreja, pero ella se paró y lo miró acusadoramente.

–¿Por qué no me lo has dicho en cuanto he llegado a casa? –le preguntó.

–Lo he hecho. Es decir, acabas de llegar a casa. ¿Quieres salir para celebrarlo? Te propongo una cena y después... quizá una celebración menos pública.

—Rotundamente, sí —le sonrió con un destello en los ojos.

—Vístete —le ordenó Matt. —Te espero en el porche dentro de veinte minutos.

Maggie salió al porche. Los últimos rayos del crepúsculo la iluminaron. Matt había encendido una vela y estaba sentado en la mecedora con las botas de vaquero apoyadas en la barandilla.

—Estás muy guapa —le dijo lacónicamente mientras se levantaba.

—Tú también. Creía que sólo te ponías camisetas y vaqueros.

Llevaba unos pantalones marrones y una camisa blanca de manga larga.

—Esto es lo más elegante que me pongo. Aparte del esmoquin, claro.

No era poco. Matt vestido de esmoquin podía provocar desórdenes públicos. Las mujeres se desmayarían a su paso.

En realidad, más de una mujer se había dado la vuelta mientras iban al restaurante del puerto.

La cena fue deliciosa y Matt habló de temas generales como los libros que habían leído y las películas que habían visto.

Cuando estaban terminando el postre, el camarero le entregó a Maggie una caja de una floristería.

Maggie miró a Matt con perplejidad, pero él se limitó a sonreír.

Deshizo el lazo y levantó la tapa.

Eran unas rosas rojas e impresionantes.

–Son preciosas.

–Solo hay once –dijo Matt en voz baja–. Tú haces la docena.

Había un sobre entre las flores.

Haz el amor conmigo esta noche, decía la tarjeta.

–Matt...

Matt sacudió la cabeza.

–No digas nada ahora. Vamos a dar un paseo.

El cielo estaba despejado y la luna brillaba en lo más alto.

Él la agarró del brazo.

–Anoche metí la pata –dijo Matt para romper el silencio.

–Matt, ya sé...

–Espera. Escúchame, ¿de acuerdo?

Maggie asintió con la cabeza y fue hasta la barandilla del paseo. No podía mirarlo a los ojos y prefería mirar el reflejo de la luna en el mar.

–Quería ser noble. Creía que te protegería, pero me equivoqué. Quiero volver a donde lo dejamos en el jacuzzi.

Ella cerró los ojos.

–Maggie, mírame –le pidió Matt.

Ella se volvió lentamente.

–Quiero hacer el amor contigo.

–Matt...

–Quiero hacer el amor contigo desde que estábamos en el instituto –la abrazó con más fuerza y le besó el cuello.

–No sigas, por favor –le pidió Maggie con un hilo de voz.

Si la besaba en la boca, no sabía si podría detenerse.

Lo hizo. La besó lenta y perezosamente, la lengua se abría camino en su boca...

Maggie le dio un azote en el trasero con la caja de flores. Él la soltó y la miró como si se hubiera vuelto loca.

Quizá lo estuviera. Nadie en su sano juicio impediría que un hombre la besara de aquella manera.

–Sé lo que estás haciendo –Maggie se apartó hasta que hubo cierta distancia entre los dos–. Sabía que harías algo así. Cuando te has enterado de lo de Brock y Vanessa... Has sentido lástima y quieres consolarme.

Matt se rió.

–Ya, yo no lo creo...

–No funciona –le interrumpió Maggie–. Puedes dejar de actuar.

–No estoy actuando –Matt fue a agarrarla otra vez, pero ella volvió a blandir la caja de flores–. Maggie, te juro...

–Te he besado suficientes veces en el escenario como para saber que puedes representar a un enamorado apasionado con los ojos cerrados y las manos atadas a la espalda.

–Vamos...

–Por favor, Matt –le suplicó Maggie–. Estoy agotada. No quiero discutir contigo ahora. No compliques más las cosas.

Matt sacudió la cabeza e iba a contestar, pero se calló y la llevó hasta el coche.

Fueron en silencio hasta la casa, pero la miró cuando entraban en el garaje.

–No estoy actuando.

–Buenas noches.

Maggie salió precipitadamente hacia la casa y hacia lo que ella llamaba su dormitorio.

Matt abrió los ojos al notar la luz del sol que entraba en el dormitorio del torreón.

Miró el reloj, eran las seis y dieciocho minutos. Había dormido cuatro horas. No estaba mal. No era mucho, pero tampoco era poco si se tenía en cuenta que Maggie estaba en el piso de abajo, aunque después de lo que pasó la noche anterior era como si estuviera a un millón de kilómetros.

Había pasado toda la noche dando vueltas e intentando dejar a un lado lo mucho que la deseaba, intentando buscar la forma de volver a la categoría de amigo cuando conocía el sabor de sus besos.

Había pasado toda la noche rezando por un lado para que tenerla fuera sólo cuestión de tiempo y, por otro, para que tuviera la fuerza que le permitiera mantener la distancia.

Seguramente, el rechazo de la noche anterior había sido positivo.

Dentro de diez días tenía que volver a hacerse una revisión en el hospital. Tenía que ir para saber si viviría un año, diez o cien, pero saberlo tampoco iba a hacer que cambiara su forma de vivir la vida.

Sin embargo, en ese momento todo había dado un vuelco y quería saberlo con toda su alma.

Se levantó de la cama.

Tenía mucho trabajo.

Maggie agarró una manzana de la nevera. La melodía del último número del musical seguía dándole vueltas en la cabeza.

El primer ensayo, un repaso al texto, había ido bien. Si no fuera porque había contado que tenía que besar a Matt hasta siete veces. Tendría que ensayar una y otra vez cada beso.

Dio un mordisco a la manzana, abrió la puerta que daba a la oficina y encendió la luz.

—¿Qué haces? —le preguntó Matt.

—Quería repasar esas cifras otra vez.

Sujetó la manzana con los dientes y tomó un montón de carpetas de una de las butacas. La mesa de reuniones estaba rebosante de carpetas e informes. Habían trabajado mucho hasta la hora del ensayo.

—Es casi medianoche —Matt despejó otra butaca—. Todo esto seguirá aquí mañana.

—He estudiado los informes trimestrales de los últimos cuatro años y los beneficios brutos se han mantenido constantes incluso después de la muerte de tu padre. No hay mucho margen para aumentar los beneficios, Matt.

—Entonces, ¿qué hacemos?

Maggie estiró los brazos por encima de la cabeza.

—Supongo que tendremos que ser más creativos.

—Fantástico.

—¿Fantástico? —lo miró con incredulidad.

Matt sonrió.

—Los informes trimestrales y los beneficios brutos me marean, pero la creatividad me encanta.

—Mañana deberíamos pasar por la fábrica —dijo Maggie—. A lo mejor eso estimula tu creatividad.

—Muy bien —Matt agarró una carpeta y la ojeó—. ¿Puedes creerte que una secretaria temporal de una agencia cueste cuarenta dólares a la hora? Eso no entra en el presupuesto, ¿verdad?

Maggie buscó el presupuesto de ese año.

—Sí entra, pero podemos recortar gastos. Quiero decir, podemos contratar a Stevie para que sea nuestro esclavo por quince dólares a la hora.

Matt sonrió.

—Es una idea muy buena. Vamos a contratar a Stevie.

Maggie lo miró con desesperación.

—Era una broma.

—¿Sabe escribir en el ordenador?

—Seguramente. Está siempre conectado.

—Lo llamaré mañana.

—Matt, hay veces que pienso que estás como una cabra.

Maggie se frotó la nuca y estiró los músculos del cuello. Tendría que encontrar un hueco para ir al gimnasio.

Dio un respingo al notar las manos de Matt en los hombros. Se levantó de un salto.

–Déjalo.

–Maggie, tranquila. Solo quería que te relajaras.

–Pues no lo hagas, ¿de acuerdo?

Matt no dijo nada. Se quedó mirándola con los ojos y el rostro casi inexpresivos.

–Perdona –le dijo Maggie–. No sé qué me pasa. Comprendo que la otra noche debí desconcertarte. Estaba enfadada y desquiciada y no pensaba con claridad. A veces me pregunto si seguiré pensando sin claridad, pero sé que tenías razón. Nuestra amistad es mucho más valiosa que un revolcón.

Maggie lo miró y vio que se había dado la vuelta para mirar por la ventana.

–Todavía me siento vulnerable –continuó en voz baja–. Cada vez que me tocas me pregunto por qué lo haces. Maldita sea, no quiero tu compasión.

Matt sacudió la cabeza.

–¿Sabes una cosa? Si hay alguien que me inspira compasión, ese soy yo mismo.

Maggie puso los ojos en blanco.

–Necesito que me des un poco de espacio

para que todo vuelva a ser normal.

–De acuerdo –la miró con una sonrisa forzada–. Me voy a la cama. Hasta mañana.

Matt rodeó a Maggie con mucho cuidado de no pasar muy cerca y salió de la oficina sin mirar atrás.

Ella quiso gritarle que esperara, pero no abrió la boca.

–¿Qué has hecho? –la voz de Angie se oía con toda claridad desde Inglaterra.

Maggie sonrió al imaginarse la expresión de su amiga.

–Me he ido de casa. Fue justo después de una discusión con Vanessa que había vuelto a casa de mis padres porque va a divorciarse de Mitch y quiere salir con Brock. Él me ha dejado, pero me alegro porque era un majadero. Todo fue el mismo día que dejé mi trabajo porque estoy trabajando con Matt.

El silencio de sorpresa de Angie era muy impresionante porque Angie no sabía lo que era el silencio ni las sorpresas.

–¿Qué más novedades hay? –preguntó por fin.

–He conseguido el papel protagonista para el musical de verano.

–¿Eso es todo...?

–¿Te parece poco?

–Te lo preguntaré claramente. ¿Estás trabajando para Matt?

–Sí.

–¿Te paga?

–¿Crees que trabajaría gratis?

–Tú... Sí.

Maggie se rió.

–Seguramente tienes razón.

–¿Qué tal está? –le preguntó Angie.

–Bien. Mejor dicho, muy bien. Ha cambiado un montón, Angie.

–No te confíes. Con Matt nunca se sabe lo que es real y lo que es una representación. Yo diría que ha adoptado el papel de hijo pródigo. Seguramente esté imitando a su querido padre, se vestirá como un hombre de negocios y dirá cosas como «vamos a comer algo».

–No –replicó Maggie–. No sé lo que pasó exactamente, pero lo pasó muy mal los últimos años. Es otra persona. Seguramente, no lo reconocerías.

–Eso no me lo creo. Bueno, dime qué ha sido del hombre de la selva del gimnasio. ¿Lo has conocido?

–Mmm –farfulló Maggie con cautela–. Sí, lo he conocido.

–¿Y bien...?

–Y... no lo sé.

No podía decirle que Matt y él eran la misma persona.

–¿Es de carne y hueso?

–Completamente –le contestó Maggie–. Increíblemente humano.

–Vaya, vaya –Angie se rió–. Te ha dado fuerte, ¿eh?

–Es espantoso –reconoció Maggie mientras se ponía de pie–. A lo mejor no me recupero.

–A mí me pasó lo mismo cuando conocí a Fred. Evidentemente, no tienes alternativa. Tienes que casarte con él.

–No lo creo. Angie, tengo que dejarte. Tengo que ir al tribunal esta mañana y todavía tengo que leerme un montón de papeles. Te llamaré pronto, ¿de acuerdo?

–Maggie, ¿dónde estás viviendo? Me has dicho que te has ido de la casa de tus padres, pero no me has dicho dónde vives.

–Estoy con un amiga –se sintió mentirosa por partida doble–. Tengo que salir corriendo. Hasta pronto. ¡Adiós!

Colgó y apoyó la cabeza en la mesa. Podía haberle dicho toda la verdad, pero no habría podido soportar el sermón de media hora sobre las maldades de Matthew Stone.

El reloj de la pared señalaba las siete menos cuarto. Estaba demasiado alterada como para acostarse otra vez. Podía trabajar.

Fue a la cocina, puso a calentar el agua y empezó a buscar bolsas de té por lo armarios. Con poca confianza, abrió la nevera para ver si había limones.

Había cinco en el cajón de abajo.

Era muy raro. La nevera estaba llena de fruta y verduras frescas. Llevaba dos días allí y no había visto a nadie que se ocupara de la compra. Ella, desde luego, no había tenido tiempo. Aun así, la nevera estaba llena de comida...

—Te has levantado pronto.

Matt entró en la cocina con una camiseta y unos pantalones cortos empapados de sudor.

—Tú también —consiguió decir ella.

Maggie no se movió y Matt pasó un brazo por su lado para sacar el zumo de naranja de la nevera.

—He salido a correr. Todos los días procuro correr siete kilómetros, aunque hay días que me lo salto.

—¿Ya has corrido siete kilómetros esta mañana?

La tetera empezó a pitar, ella cerró la puerta de la nevera y fue con el limón hasta la cocina. Apagó el fuego y se volvió hacia Matt.

—A veces me parece como si te hubieras transformado en un alienígena. Me acuerdo de que el mediodía de un sábado era una hora insoportablemente temprana para ti.

—Hoy no es sábado —le recordó Matt mientras terminaba el zumo.

Maggie sacudió la cabeza y llenó la taza con agua humeante.

—¿A qué hora te has levantado?

—A las cuatro y media. Normalmente no me levanto hasta las seis, pero he dormido bastante mal.

Maggie no lo miró a los ojos porque sabía el motivo.

—Esta mañana ya he memorizado las diez primeras páginas de mi diálogo y he ido a hacer la compra —continuó Matt.

—¿Has hecho la compra tan temprano?

—Hay una tienda que no cierra nunca —Matt se encogió de hombros—. A veces, si me desvelo, voy a las tres —sonrió—. Ya sabes, no hay multitudes.

—Si haces una lista, la próxima vez puedo ir yo —se ofreció Maggie.

Matt, sin embargo, negó con la cabeza.

—No me importa. Me gusta hacerlo.

Maggie tomó la taza de té y fue hacia la puerta.

—Está claro que eres un alienígena.

★ ★ ★

La fábrica de patatas fritas era un edificio de ladrillos al otro lado del pueblo que estaba rodeado por un aparcamiento lleno con los coches de los empleados.

Maggie ojeaba unos documentos y Matt aparcó en un sitio reservado para el presidente justo al lado de la puerta principal.

–No sé si podré hacer esto –dijo Matt.

–Claro que puedes –Maggie levantó la vista–. Eres el dueño de la empresa. Tienes todo el derecho a inspecci...

–No, me refiero a que no sé si podré aparcar aquí.

Maggie miró el sitio donde había aparcado y luego miró a Matt.

–Es por la palabra presidente –continuó Matt–. Implica cierta dignidad y algo de conocimiento. Quizá deba decirles que pinten encima «el hijo ignorante».

Maggie se rió.

–Se me ocurren formas mejores de emplear el dinero.

–A mí también.

Una vez dentro, el director les hizo el recorrido completo mientras les iba explicando los pros y los contras. Matt captaba todo con rapidez e hizo algunas preguntas inteligentes. Se paró varias veces para hablar con empleados y escuchó con interés todo lo que le dijeron. Cinco horas más tarde, cuando terminaron, Maggie estaba agotada.

Matt no dijo nada de camino a su casa. Tardó una hora más en dejar de mirar por la ventana de la oficina para hablar.

–¿Has visto los proyectos y las especificaciones para construir la fábrica?

–Acabo de verlos –le contesto Maggie que rebuscó entre los papeles y sacó tres gruesas carpetas con anillas–. ¿Para qué los queremos?

–Mmm –murmuró Matt mientras marcaba un número de teléfono–. Hola, Steve, soy Matthew Stone.

¿Steve? ¿Era Stevie? No creía que hablara en serio...

–¡Eh, Matthew Stone!

Efectivamente, era su hermano.

–¿Qué tal se te da buscar cosas por Internet?

–Creo que una vez navegué para buscar información sobre la historia de los Ramones –contestó Stevie–. ¿Por qué lo dices?

–Steve, ¿quieres ganarte veinte dólares a la hora? –le preguntó Matt.

–¿A quién hay que matar? –le contestó Stevie–. Prometo no hacer preguntas.

–Considérate contratado.

–¿Cuándo empiezo?

–Ya. Necesito toda la información que puedas encontrar sobre... ¿tienes un lápiz?

–No –contestó Stevie–, pero por veinte dólares a la hora me abro las venas y escribo con la sangre.

–Busca un lápiz –miró a Maggie y sonrió–. Creo que puedo mejorar la empresa.

–Muy bien, chicos y chicas –Dan Fowler levantó la voz y todo el mundo se calló–. Se acabó el descanso. Tenemos mucho trabajo esta noche, de modo que no desenchuféis los cerebros todavía. ¡A vuestros sitios!

Todos los actores se colocaron en sus sitios.

Maggie se puso en el centro del escenario. Hasta el momento, la actitud castrense de Dan estaba funcionando. Era uno de los directores más eficientes con los que había trabajado.

–Perfecto –gritó Dan–. Lucy es el centro. El foco se centra en ella. El escenario está oscuro y con niebla. Hay cosas espeluznantes que se arrastran por detrás...

Los actores empezaron a hacer sus movimientos mientras él hablaba

–Lucy dice: ¡alto! Y las cosas espeluznantes se van gateando. Se encienden las luces.

De los laterales aparecen los hombres con frac y chistera y la llevan en volandas por todos lados...

Maggie miró con bastantes nervios a los ocho hombres que la portarían sobre los hombros en esa parte del número inicial..

—También sale el coro entero y los cuatro secundarios. Hablamos y hablamos y cantamos y cantamos. El escenario está a rebosar, pero la gente se aparta para dejar paso a Cody que llega al centro.

Hasta allí habían llegado antes del descanso.

—Muy bien, Cody —le ordenó a Matt—. Te plantas delante de Lucy. Cantas la canción y dices el diálogo. Lucy, tú no te muevas. Quiero que estés en el centro del escenario para el beso.

Maggie asintió con la cabeza y miró a Matt que estaba tomando notas en el texto.

—El beso tiene que ser como los de Hollywood en los años cuarenta —continuó Dan—. Muy apasionado. La música de fondo va en aumento, de modo que tenéis que medir muy bien el tiempo. Creo que tenéis que cubrir ocho compases. Rhonda, querida, ¿te importaría tocarla?

La acompañante tocó la música y Maggie y Matt la escucharon. ¡Ocho compases se hacían interminables!

–Intentadlo con la música cuando estéis preparados –les ordenó Dan.

Matt dejó las hojas y se colocó junto a Maggie.

–Tu última frase fue: «Entonces, lárgate» –le recordó Matt–. Tienes que darme la espalda cono si fueras a salir por la izquierda del escenario. Yo te agarró del brazo y te doy la vuelta, ¿de acuerdo?

Maggie asintió con la cabeza y nerviosa como un flan.

–Danos unos cuatro compases antes del beso –le dijo Matt a Rhonda antes de que empezara a tocar.

Maggie escuchó la música y se apartó de Matt. Él la atrajo contra sí con fuerza y ella se golpeó contra su pecho. Maggie no pudo evitar una risita cuando los labios de Matt se encontraron con los suyos.

–¡Mal! –la voz nasal de Dan los interrumpió–. Stanton, está rígida como una tabla. ¡Métase en el personaje! ¡Piense en la motivación! Es una de las fantasías de Lucy y le arden las entrañas por Cody, aunque no lo reconozca. Vamos, ¿qué ha pasado de esa chispa que noté en la audición? ¡Quiero que echen humo! ¡Quiero feromonas! Vuelvan a intentarlo.

La música volvió a sonar y Matt la atrajo hacia sí con más suavidad, pero notaba que seguía tensa.

–Lo siento –dijo ella mientras se apartaba antes de que la besara.

–¿Nos da unos minutos? –le pidió Matt a Dan.

–No puede ser –le contestó Dan con tono de aburrimiento–. Trabájenlo en casa. Tenemos que seguir.

–Esta noche no podía meterme en el personaje –dijo Maggie en el coche mientras volvían a casa–. ¿Qué me pasa?

Matt la miró. Tenía una expresión sombría a la tenue luz del salpicadero. Estaba bloqueada, eso era lo que le pasaba.

Dio un volantazo a la derecha y entró en un carretera secundaria. Aparcó y apagó el motor y las luces. La oscuridad fue total.

–Matt...

La agarró y la besó.

–Ya está –dijo Matt al soltarla–. Eso es lo que duran ocho compases. Tampoco ha sido tan espantoso, ¿no?

–No –confirmó ella con un hilo de voz.

–Perfecto –Matt intentó que el tono fuera neutro.

Volvió a poner el coche en marcha y giró en redondo para volver a la carretera principal. Se alegró de la oscuridad porque si no sus ojos lo habrían delatado.

Capítulo Ocho

Maggie siguió leyendo el montón interminable de informes financieros mientras tomaba un cuenco de copos de avena. Matt estaba sentado enfrente de ella con un cuenco enorme de fruta.

Maggie lo miró y sonrió.

—¿Solo desayunas fruta?

Matt se rió.

—Antes de mediodía sólo como fruta.

—¿Por qué?

—Porque hace que me sienta muy bien.

Maggie lo miró fijamente y deseó que le contara por qué había estado en el hospital hacía tres años, pero cada vez que sacaba el tema, aunque fuera remotamente, él cambiaba de conversación.

—Por cierto, tu madre ha dejado un mensaje en el contestador automático. Quiere que vayamos a cenar un domingo del mes que viene. Dice algo de que nos lo avisa con tiempo, supongo que para que no podamos poner una excusa.

Maggie suspiró.

—También tenemos ensayo esta noche

—añadió Matt.

Ella asintió con la cabeza. Era maravilloso.

—Vamos a repasar las cuatro primeras escenas —le recordó él.

Ella volvió a asentir con la cabeza y se concentró en el cuenco de avena.

—Eso significa que tendremos que salir al escenario y darnos el beso de la escena inicial.

¡El beso!

—Deberíamos practicarlo —dijo Matt—. ¿No te parece?

Maggie tomó aire.

—Sí. Deberíamos. ¿Qué tal después de comer?

—¿Qué tal ahora?

Ella lo miró y luego miró el reloj. Stevie llegaría dentro de un cuarto de hora.

—De acuerdo —eso hacía que se sintiera un poco más segura.

Maggie se levantó y fue hacia las escaleras.

—¿Adónde vas?

—A lavarme los dientes.

Matt la agarró del brazo, la atrajo contra sí y la besó.

La boca de Matt sabía a sandía, con plátano y un toque de melocotón.

—Mmm —dijo Matt—. A esta hora del día prefiero la avena a la menta.

Maggie se estremecía por dentro. No la había tocado desde que la besó después del desastroso ensayo. Había llegado a pensar que ya lo había superado o, al menos, que se había acostumbrado a él. Sin embargo, se dio cuenta de que estaba metida en un buen lío si le temblaban las piernas por un beso de nada.

—¿Preparada?

—Sí —Maggie sonrió.

Se apartó de él como lo haría en el escenario y él tiró de ella. Esa vez, el movimiento fue fluido y pareció volar a sus brazos. Levantó la cara para que los labios se encontraran y lo besó con toda la pasión de su alma. Se olvidó de todo, le rodeó el cuello con los brazos y se estrechó contra él.

Oyó que Matt gemía y le acariciaba la espalda hasta la curva del trasero mientras la besaba con más ímpetu y profundidad. Matt adelantó un muslo y ella lo rodeó con la pierna. La sensación de tener la piel desnuda contra él hacia que le bullera la sangre y lo atrajo contra sí con más fuerza.

Los ocho compases podrían haber sonado una y otra vez.

Matt deslizó la mano por debajo de la camiseta y ella se estremeció al sentir el contacto de los dedos en la piel. Hasta que tomó un pecho en la mano y Maggie creyó que el corazón había dejado de latir.

—Qué hay, tíos... Ejem, me parece que he llegado en un mal momento.

Maggie y Matt se separaron de un salto y vieron a Stevie que salía de la habitación.

—Estábamos ensayando —dijo Maggie con la respiración entrecortada y las mejillas al rojo vivo.

—Bueno... acabo de acordarme de que tengo que hacer unos recados... —balbuceó Stevie.

—¡Déjate de rollos! —Maggie estaba alterada—. No era lo que parecía —se volvió hacia Matt—. Creo que nos hemos pasado de tiempo, pero por lo menos no he estado rígida.

Matt hizo un esfuerzo para no reírse. No había estado rígida...

—¿Quieres volver a probarlo? —le preguntó.

—No —contestó Matt sin dudarlo. Ni siquiera podía levantarse—. A lo mejor dentro de un rato.

Stevie siguió a Maggie a la oficina y se volvió para disculparse con Matt con la mirada. Matt sacudió la cabeza y puso los ojos en blanco.

Stevie miró hacia donde había desaparecido Maggie y volvió a la cocina.

—Quizá no sea de mi incumbencia —le dijo

a Matt–, pero está enamorada de ti.

–Eso espero.

–Te lo aseguro. Es verdad –Stevie tenía un gesto serio–. La conozco. Ella es... No le hagas daño, ¿de acuerdo?

Matt miró al chico sin saber qué responderle. No sabía muy bien qué tormento era peor, si pensar que ella no lo quería o que sí lo hacía.

Maggie y Matt llegaron al ensayo algunos minutos pronto, como siempre.

Dolores, la ayudante de dirección, la mujer de las gafas como ojos de gato, se acercó inmediatamente a Matt con un recipiente hermético metido en una bolsa de plástico

A Maggie se le revolvieron las entrañas.

–Es el momento de eso que ya sabes –le dijo Dolores mientras le daba el recipiente–. Tengo instrucciones de acompañarte al cuarto de baño.

Matt estaba tranquilo y sonrió, pero cuando miró a Maggie, ella supo que le ofendía más de lo que parecía.

Lo miró alejarse y se preguntó lo que se sentiría al verse perseguido por una mala reputación. No era justo que la gente no se diera cuenta de lo mucho que había cambiado.

–¡Stanton! –Maggie se volvió y vio a Dan que le hacía una seña desde el escenario–. Venga un momento.

–¿Qué pasa?

–¿Desde cuándo está saliendo con Stone? Maggie parpadeó.

–Yo no... Quiero decir, no estamos saliendo como piensa.

–Siempre llegan juntos y se marchan juntos.

Maggie no tenía ni idea de dónde quería ir a parar.

–Compartimos casa –le explicó ella.

–Viven juntos.

–Sí, pero como amigos –le aclaró–. Fuimos juntos al instituto.

–¿No está liada con él?

–No.

¿Por qué se lo preguntaba?

Dan sonrió y dejó ver unos dientes muy blancos entre la barba.

Los ojos eran cálidos y de un color parecido a la miel. En realidad, cuando no fruncía el ceño, era bastante atractivo.

–Me preguntaba si mañana cenaría conmigo.

Hicieron el número inicial e incluso los hombres del coro la llevaron a hombros. Fue bastante extraño y ella se rió, pero todo salió bien.

El temido beso se acercaba. Matt le apretó la mano para tranquilizarla.

La atrajo contra sí, pero en vez de besarla inmediatamente, la miró a los ojos un par de segundos. Cuando los labios se juntaron, Maggie se derritió. Hizo un verdadero esfuerzo para limitarse a rodearle el cuello con los brazos hasta el final de la frase musical.

Cuando Matt se separó, no se alejó inmediatamente. Volvió a mirarla a los ojos y sonrió.

–¡Perfecto! –gritó Dan–. Eso es exactamente lo que quiero.

Maggie terminó la canción mientras flotaba en una nube de alivio y deseo.

Maggie estaba empapada de sudor cuando hicieron un descanso.

–Espero que algún día participe en un espectáculo que haga los ensayos con aire acondicionado –dijo mientras se dejaba caer en el escenario junto a Matt.

El baile que estaban ensayando era una mezcla de jazz, ejercicios atléticos y seducción. En la mayoría de los pasos no había contacto físico, pero tenían que mantener el contacto entre las miradas. A Maggie le alteraba casi tanto como cuando Matt la tocaba realmente.

Casi.

Maggie se puso boca abajo y apoyó la barbilla en la mano.

—Matt... ¿Conoces bien a Dan Fowler?

Matt se giró para mirarla.

—Lo conozco bastante. Sé que es un buen director y que el resultado final suele estar por encima de la media. ¿Por qué lo preguntas?

Maggie se encogió de hombros.

—¿Por qué lo preguntas? —insistió Matt—. ¿Qué me ocultas?

¡La conocía demasiado bien!

—Nada —le aseguró Maggie.

—Dímelo.

Maggie se rió.

—No.

—Dímelo.

Matt se puso a su lado con la cabeza apoyada en la mano. Con solo mirarlo, Maggie sabía que no iba a darse por vencido.

Tuvo una idea. Quizá consiguiera que reaccionara airadamente. Miró alrededor para asegurarse de que no había nadie cerca.

—Dan me ha pedido que salga con él.

Matt se rió.

–Estás de broma.

El brillo en los ojos era burlón o de celos...

–No. Me ha pedido que salga a cenar con él.

–Cenar con Dan... –musitó Matt–. ¿Crees que se preocupa por comer algo que no sea comida rápida?

Evidentemente, no estaba celoso. ¿Cómo era posible que no le importara que fuera a cenar con Dan Fowler?

–Ya te lo contaré –le contestó aunque no había aceptado la invitación del director.

Matt se quedó helado.

–¿Vas a ir?

Por fin. Esa reacción era un poco mejor.

–La verdad...

–Perdona –le interrumpió Matt–. No quería... Está muy bien. Es perfecto para ti, Maggie. Es honrado, firme y...

–Ah –dijo Maggie.

–El descanso ha terminado –anunció Dan.

Matt sonrió a Maggie mientras se levantaba.

Ella había esperado que se pusiera celoso, no que les diera su bendición.

A la una de la madrugada, Matt se levantó entumecido de la mesa de reuniones.

El ensayo del baile había sido agotador.

La noche también había sido agotadora emocionalmente.

Cuanto más pensaba en ello, más convencido estaba de que Dan era perfecto para Maggie. Era honrado, digno de confianza y, en general, buena persona. No era delicado, pero eso era una decisión, ya que serlo exigía mucho tiempo.

Matt también sabía que Dan tenía el principio de no salir nunca con las mujeres de sus espectáculos. Tenía que sentir algo muy especial por Maggie para romper esa norma tan estricta. Naturalmente, era algo que no le sorprendía en absoluto.

Si tenía que elegir a alguien para que tuviera un idilio con Maggie, Dan sería el primero de la lista. No le habría salido mejor si él mismo lo hubiera planeado.

Le corroían los celos porque sabía que nadie, ni Dan Fowler, la querría más que él.

Sin embargo, también sabía que a Maggie no le serviría de nada su amor por ella si él ya no estaba.

Matt se desperezó consciente de que esa noche no dormiría. En vez de tumbarse en la cama para dar vueltas, podía relajarse lo más posible. Fue al dormitorio de su padre, donde Maggie se quedó dormida la primera noche que estuvo allí, luego pasó al cuarto de baño y preparó el jacuzzi.

Intentó no hacer ruido cuando subió las escaleras para buscar en su cuarto el libro que había empezado hacía unas noches.

Se paró al llegar al descansillo del tercer piso y miró la puerta cerrada del dormitorio de Maggie. Se acercó lentamente, miró el picaporte y por primera vez en muchos años tuvo ganas de beberse una cerveza.

Si se bebiera una cerveza, o dos, o cuatro, podría usar el alcohol como excusa para abrir la puerta.

Maggie se sentó con el corazón desbocado. Aguzó el oído y oyó los pasos de Matt que se alejaban y subían las escaleras.

Suspiró y volvió a sumergirse en la cama. No podía esperar mucho más de todo aquello.

Oyó que volvía a bajar las escaleras y contuvo la respiración, pero él pasó de largo.

No tenía que pensar; tenía que actuar.

Si volvía a arrojarse en sus brazos, seguramente harían el amor.

Aun así, bajó las escaleras, cruzó el vestíbulo, el comedor y la sala hasta llegar al dormitorio principal. La puerta del cuarto de baño estaba entreabierta.

Se acercó de puntillas y miró dentro. Matt estaba de cuclillas y comprobaba la temperatura del agua con la mano.

Cerró los ojos y abrió la puerta.

–Hola.

Matt se levantó de un salto.

No dijo nada, se limitó a mirarla.

Una vez allí, Maggie perdió toda la confianza. Se cruzó los brazos al caer en la cuenta de que solo iba vestida con el camisón.

–He oído que subías y bajabas la escaleras. Ya veo que no puedes dormir. Yo tampoco.

Matt seguía sin decir nada ni moverse.

–¿Quieres hablar un rato? –le preguntó Maggie.

Matt negó con la cabeza.

–Quería decirte que no voy a salir con Dan –dijo ella mientras se apartaba el pelo de la cara y se sentaba en el borde de la butaca de mimbre–. Sería... demasiado raro.

Matt sabía que tenía que decir que Dan era una buena persona y que tenía que salir con él, pero no fue capaz.

–La verdad es que te dije que iba a salir a cenar con él para darte celos.

–Deberías volverte a la cama –le dijo Matt dándole la espalda y rezando para que ella no dijera nada más–. Por favor. No quiero hablar en este momento.

Maggie quiso decirle que no tenían por qué hablar, pero las palabras no le salieron de la garganta.

–Por favor –repitió él. Era poco más que un hilo de voz, pero contenía toda la intensidad de un grito de dolor–. Vete.

Maggie se fue. Estaba demasiado asustada como para decir lo que pensaba. Matt no se volvió.

Maggie, tumbada en la oscuridad, miraba las sombras que se formaban en el techo y se decía de todo. Cobarde. Gallina. Pusilánime. Solo una pusilánime saldría corriendo de esa forma.

Los números de su despertador señalaban las dos.

Maggie soltó un juramento en voz baja. Nunca había tenido insomnio. Aunque tampoco había querido a alguien tanto como a Matt.

Entonces, ¿qué hacía ahí sola?

Ya no servía la excusa de la amistad porque ya habían afectado a esa amistad. No iba a fingir que no sentía nada por él porque sí lo sentía. Además, ya no iba a contenerse para preservar esa amistad. No soportaría que él encontrara otra mujer.

Entonces, ¿qué podía hacer?

Sabía que si le proponía que se acostara

con ella, él no iba a rechazarla.

Sin embargo, ¿cómo se sentiría ella por la mañana?

Era una pregunta que solo podía contestar la luz de la mañana. La pregunta acuciante era cómo se sentía ella esa noche.

Maggie se estremeció al recordar los labios de Matt sobre los suyos y el contacto de su cuerpo con el de ella. Lo deseaba y sabía que él la deseaba a ella. Lo vio en su mirada cuando entró en el cuarto de baño.

Se levantó y fue hasta la puerta. Tomó aire y la abrió de par en par.

¡Por todos los santos! Allí estaba Matt con la melena sobre los hombros y el arrebatador rostro muy serio. Aunque la noche era fresca, solo llevaba los pantalones de correr y el poderoso pecho le subía y bajaba cada vez que respiraba.

Lo miró a los ojos y vio reflejado en ellos el mismo deseo que sentía ella. Se preguntó si él no oiría los latidos del corazón que sonaban como una locomotora.

No estaba segura de quién fue el primero en moverse, pero se fundieron en un abrazo.

Matt la besó con voracidad y ella le correspondió con la boca anhelante y los brazos alrededor del cuello sujetándolo con todas sus fuerzas. Tenía la lengua dentro de su boca y Matt le acariciaba todo el cuerpo. Sabía que no debía hacerlo, pero no podía hacer nada por detenerse.

Las piernas se entrelazaron y Maggie se restregó contra él. Matt la levantó en vilo y ella le rodeó el cuerpo con las piernas.

Matt se apartó un poco para mirarla.

—No es demasiado tarde. Podemos parar —le dijo a Maggie con una voz que él mismo no reconoció.

Rezó para que no aceptara.

—¿Quién lo dice?

Maggie apretó las piernas con más fuerza y se rió al ver la expresión de Matt.

Se besaron y se acercaron a trompicones hasta la cama de Maggie entre una serie interminable de besos ardientes.

—Yo había venido para hablar —le dijo Matt.

—No puedo hablar en este momento —le besó los labios, los párpados y las mejillas—. Estoy ocupada.

Matt se rió. Le besó el cuello, cerró los ojos y la risa se tornó en un suspiro de placer mientras la acariciaba y se llenaba las manos con sus pechos.

—Es importante —Matt tomó aire.

—Te escucho —le besó desde el pecho hasta el vientre.

—He intentado mantenerme alejado de ti —reconoció Matt—. Ya sé que es egoísta, pero no he podido evitarlo porque... —tomó aire—. Te amo, Maggie.

—No hace falta que digas eso —dijo Maggie con calma.

—Pero es verdad. Estoy perdidamente enamorado de ti. Lo estoy desde hace años. Para mí es importante que lo sepas.

Maggie lo miró con una expresión incrédula.

—Matt no soy una de esas mujeres que tienen que creer que las aman para...

—No, Maggie. Ya lo sé. No es eso. Te amo. Tienes que creerme. Nunca he sido más sincero en toda mi vida.

Ella sacudió la cabeza.

—No importa...

—A mí sí me importa. Maldita sea. ¡Te amo! Será mejor que me creas.

Maggie lo miró. Los ojos le brillaban con una decisión que sólo le había visto cuando decidió que podía mejorar la empresa y se dio cuenta de que hablaba en serio.

Hablaba en serio.

La amaba.

—Te creo —susurró.

—Maggie... —estaba muy serio.

Ella le puso un dedo en los labios.

—Matt, yo también te amo —dijo con una sonrisa temblorosa—. Hazme el amor.

Matt no sonrió. En realidad, pareció más preocupado.

—Tengo que decirte algo más.

Maggie le dio un empujón.

—No.

Eso sí que sorprendió a Matt.

—Ahora, no —Maggie fue hasta su bolso y rebuscó dentro. Matt se incorporó un poco y se apoyó en el codo—. Acabas de decirme que me amas —encontró lo que estaba buscando y volvió a la cama—. Toma esto y póntelo.

Matt la miró atónito.

—¿Llevas preservativos en el bolso?

Maggie se cruzó de brazos.

—Vaya —dijo con un enfado fingido—. ¿También quieres hablar de eso?

Matt la atrajo a la cama junto a él y la besó. Maggie no supo exactamente cómo pasó, pero cuando quiso tomar aire, ya estaba sin el camisón.

Matt le recorrió el cuerpo con las manos y la mirada y Maggie sintió una oleada ardiente que empezaba a resultarle conocida. Sin embargo, un calor mucho más profundo se apoderó de ella cuando la boca de Matt llegó a su pecho.

Le acarició la melena larga y sedosa y arqueó las caderas contra él. Podía notarlo a través de los pantalones, pero no se conformaba con eso.

Él pensó lo mismo, se giró sobre sí mismo y se los quitó con un rápido movimiento.

Matt agarró el preservativo y se lo puso. Realmente no lo necesitaba porque no podía tener hijos y no había estado con nadie desde hacía años. Sin embargo, dar explicaciones sería muy largo y Maggie había dejado muy claro que no era el momento para conversar.

Se tumbó junto a ella y la besó con la intención de tomarse su tiempo. Había esperado ese momento durante muchos años y cada minuto y segundo serían muy importantes.

Sin embargo, cuando ella abrió la boca, cuando le pasó una pierna por encima de las caderas, supo que no iba a poder contenerse. Además, ella también lo ansiaba. Le sorprendió la fuerza de Maggie cuando lo puso encima de ella.

Lo guió, se movió con él, suspiró su nombre, lo besó, lo acarició, lo abarcó entero.

El tiempo se detuvo y solo quedaron Maggie y las sensaciones increíbles que le hacía sentir. El deseo lo abrasó, el corazón le bombeaba lava ardiente por las venas. El anhelo lo consumía y oyó que gritaba el nombre de Maggie mientras ella explotaba y su propia descarga incontenible estuvo a punto de pararle el corazón.

Ella lo besó con tal dulzura y entrega que Matt supo que la amaría mientras viviera.

Rogó a Dios para que fuera bastante tiempo.

Matt se puso de espaldas y la arrastró con él para que apoyara la cabeza en su hombro. Volvió a besarla una y otra vez por el mero placer de besarla, por deleitarse con la suavidad de sus labios y la dulzura de su boca.

Maggie tenía los ojos tan rebosantes de amor, que Matt quiso llorar.

—Te amo —le susurró.

Ella sonrió.

—Te creo. Eres un buen actor, pero no tanto.

Matt se rió, pero la risa se disipó en cuanto se dio cuenta de lo que tenía que hacer a continuación.

—Tenemos que hablar.

Maggie suspiró, le pasó los dedos por el pecho y los brazos y empezó a excitarlo otra vez.

Prefería no hablar allí y de aquel modo.

—¿Por qué no vamos a la cocina? —le propuso Matt—. Podemos hacer té.

Hubo algo en el tono de voz que disparó

las alarmas en Maggie que se sentó de un salto.

—Estoy escuchando. En serio.

—¿Podemos ir abajo?

Maggie asintió con la cabeza y agarró el camisón.

Capítulo Nueve

Matt puso la tetera al fuego y cerró las ventanas de la cocina. La noche era fría y el viento soplaba con fuerza. Maggie llevaba una sudadera sobre el camisón, pero aun así tembló un poco.

Matt se sentó a la mesa de la cocina enfrente de Maggie y empezó a jugar con el servilletero mientras pensaba la forma de empezar.

—Bueno, —dijo Matt entre risas—. No sé cómo decirlo.

Maggie le tomó las manos.

—Sea lo que sea, no creo que vaya a ser tan tremendo, ¿no?

Matt la miró a los ojos.

—Maggie se trata de cuando fui al hospital y sí es tremendo.

—Sabes que no hay nada que puedas decirme que me impida amarte. Nada.

—Tengo cáncer.

Ya lo había dicho.

—Me dijeron que tenía la enfermedad de Hodgkin —dijo Matt en voz baja.

—Dios mío —susurró ella. Sin duda era un

broma cruel y espantosa del destino–. ¿Tenías? ¿En pasado?

–Bueno, sí –sacudió la cabeza inmediatamente–. No. No quiero mentirte –la miró con expresión de disculpa y los ojos sombríos–. La verdad es que espero que haya desaparecido, pero no estoy seguro. Hace casi un año que terminé el tratamiento de quimioterapia. Las probabilidades de que se reproduzca son muy altas durante el primer año...

–¿Cómo de altas?

Las lágrimas le rodaban por las mejillas.

–Sesenta por ciento, quizá más, porque mi cáncer ya se ha reproducido una vez.

¿Cómo podía decirle tan tranquilamente que había muchas probabilidades de que volviera a tener cáncer?

–Pero en vez de decir que tengo un sesenta por ciento de probabilidades de morir, yo prefiero decir que tengo un cuarenta por ciento de probabilidades de vivir hasta que sea viejo. Es fantástico. Es... Hubo un momento durante la segunda sesión de quimioterapia que mis probabilidades de vivir no tenían ni dos cifras –dijo sin alterarse.

–¿Te han dado quimioterapia? –Maggie se soltó las manos para secarse los ojos y las mejillas–. ¿Cuánto tiempo?

—Dos sesiones de seis meses. La segunda fue muy intensiva y algo experimental.

—¿Por qué no me lo dijiste, Matt?

—¿Antes de hacer el amor? Lo intenté, pero..

—¡No, maldita sea! —Maggie golpeó la mesa con la palma de la mano—. ¡Cuando estabas en el hospital!

Él sacudió la cabeza.

—No podía. Además, ¿qué iba a decirte? Hola, ¿qué tal estás? Han pasado diez años, por cierto, tengo cáncer...

—¿Por qué no? ¿Sabes cómo me siento al pensar que has estado en un hospital y yo no me he enterado? Yo vivía mi vida mundana y estúpida sin saber que en cualquier momento podías morir.

Rompió a llorar otra vez y Matt la rodeó con los brazos.

—No morí. No voy a morir. Sobre todo ahora.

Maggie lo miró.

—Tú no puedes decidir por el cáncer.

Matt se encogió de hombros y le apartó el pelo de la cara.

—¿Cómo que no? Quiero probar cualquier cosa y los deseos son relativamente baratos y no hacen daño —la besó delicadamente—. Esta noche ha sido maravillosa. Siento haberla estropeado al final.

—Cómo, ¿vas a disculparte por haber tenido cáncer? —se estrechó contra él y le pareció imposible que el cáncer creciera en aquel cuerpo duro y poderoso—. Me alegro de que me lo hayas dicho.

—Tenía que hacerlo.

—No tenías por qué —Maggie separó la cabeza para mirarlo.

—Sí tenía que hacerlo. Si me quieres, te mereces saberlo. Pero no tengas miedo, ¿de acuerdo?

—No tengo miedo —pensó para sus adentros que estaba aterrada. Le acarició la melena—. Cuando te dieron la quimioterapia...

Matt sonrió con tristeza.

—Sí, estaba más calvo que Yul Brynner, pero no tan guapo.

—Seguro que no te lo has cortado desde entonces.

—Solo para igualarlo —Matt se sentó y puso a Maggie sobre su regazo—. Tengo una especie de superstición. Es una tontería...

—Cuéntamela.

—Es una bobada —reconoció Matt—, pero cuando empezó a crecerme el pelo lo interpreté como una especie de símbolo de la vida y decidí que si no me lo cortaba no volvería a tener cáncer. Ya sé que es absurdo, pero se ha llegado a convertir en una superstición o amuleto de buena suerte. En el fondo sabes que no sirve de nada, pero lo haces por si acaso.

Maggie volvió a pasarle los dedos por el pelo.

—¡Caray! Si no te lo cortas nunca, vas a tenerlo muy largo. Dentro de cinco años, tendrás que contratar a alguien para que te lo lleve.

—Eso espero.

Maggie lo miró y los ojos transmitían serenidad. Ella se dio cuenta con una punzada de angustia de que había bastantes probabilidades de que Matt no siguiera vivo dentro de cinco años.

—¿Cuándo lo sabrás? —le preguntó Maggie.

—Me voy a California a finales de la semana que viene.

—¿California?

—Sí. Podría ir al hospital de Yale, pero prefiero volver con el médico que me trató. Nos conocemos muy bien. Me hará una serie de pruebas para saber si sigo limpio.

—¿Qué pasaría si estuvieras limpio?

—Me alegraría mucho —le pasó el pulgar por los labios—. Luego vendría para hacer el amor contigo durante el resto de nuestras largas y felices vidas.

Maggie se puso a llorar.

–¡Eh! –dijo Matt–. Esa era la parte buena.

–Te quiero –le declaró Maggie–. ¡No te atrevas a morirte!

Matt la abrazó con el corazón encogido por la pena y consciente de que no podía hacerle ninguna promesa.

Maggie encendió la luz del imponente despacho del difunto señor Stone y fue hasta la librería. No tardó en encontrar lo que estaba buscando. Ya había visto los libros antes, aunque no sabía por qué estaban allí. Sacó El manual de la Sociedad Americana de Cáncer y otros libros más.

Los ojeó y comprendió que el señor Stone sabía que Matt tenía cáncer. Había subrayado los pasajes correspondientes a la enfermedad de Hodgkin y se lo agradeció en silencio mientras los leía.

Una hora más tarde, ella seguía allí sentada con la enorme mesa llena de libros cuando Matt entró. Se detuvo al ver lo que estaba leyendo.

–A veces es más aterrador leer sobre eso –dijo Matt–. Los libros dicen muchas cosas y hacen que te des cuenta de cuántas preguntas hay sin responder. Además, cuando lo analizan, necesitarías el título de médico para entenderlo...

–Hay muchas cosas que no me has contado –Maggie hizo un esfuerzo para que no le temblara la voz–. No habías dicho que aunque no haya signos de reaparición, eso no significa que la enfermedad haya desaparecido. Solo significa que tienes más probabilidades de vivir otros cinco años y que si no se reproduce en esos cinco años tienes más probabilidades de vivir otros cinco años y así sucesivamente toda la vida.

–Maggie, la gente que vive cinco años sin que se le reproduzca el cáncer está virtualmente curada.

Maggie lo miró en silencio. Matt miró la moqueta roja durante un instante y volvió a levantar la mirada con una expresión indescifrable y la mirada cautelosa.

–Yo sé lo difícil que es asimilarlo. Si no quieres pasar por ello, lo entendería...

–¡No! –Maggie se levantó bruscamente de la butaca de cuero–. Solo quiero saberlo todo. No me ocultes nada, ¿de acuerdo?

Matt asintió con la cabeza.

–De acuerdo. Entonces, hay otra cosa que tengo que decirte.

–¿Qué?

—La quimioterapia me ha dejado estéril. Nunca podré tener hijos —se rió sin ganas—. Por lo menos de la forma habitual.

Maggie sintió un alivio desbordante.

—Tengo algunos depósitos en un banco de esperma —siguió Matt—, pero no es muy romántico...

—He leído algo que me ha asustado —le interrumpió ella—. Dicen que unos de los síntomas de este tipo de cáncer son los problemas de sueño y el sudor por la noche.

—No —le replicó él—. Los problemas que tengo para dormir son distintos. Los tengo en la cabeza. No duermo mucho porque no puedo desperdiciar ni un minuto.

Matt abrió las grandes contraventanas y la ventana. La luz lo inundó todo y entró una brisa fresca. Se volvió para mirarla.

—No me engaño —siguió Matt—. Sé perfectamente que el año que viene podría no estar aquí.

—¿Cómo puedes vivir así? —le preguntó Maggie con delicadeza—. Dímelo para que yo pueda hacerlo también.

Matt le sonrió.

—Empiezas creyendo en milagros. Cuando me lo diagnosticaron, me dieron siete meses de vida, pero sigo vivo —la abrazó y la besó con dulzura—. Cada día que me despierto lo considero como un regalo que no puedo desperdiciar.

—¿No te parece injusto? ¿No te sientes engañado?

—¿Engañado? —Matt se rió—. En absoluto. Me han dado una segunda oportunidad. Ha sido un premio inmenso, Maggie. Los milagros existen —volvió a besarla—. Después de anoche estoy más convencido de eso todavía. No solo no estoy muerto, sino que estoy viviendo mi gran sueño —volvió a besarla y ella se colgó de su cuello—. Volvamos a la cama —le susurró al oído.

Ella hizo un esfuerzo por reír en vez de llorar.

—¿Una siesta en mitad del día? —bromeó Maggie—. ¿Eso no entra dentro de lo que podría llamarse perder el tiempo?

Matt se rió con un brillo en los ojos.

—Rotundamente, no.

Matt la tomó de la mano y atravesó toda la casa hasta llegar al dormitorio del torreón. Los estores estaban levantados y las ventanas abiertas para que entrara toda la luz y la brisa marina. El cielo era de un azul brillante. Era como si estuvieran en la cima del mundo.

La desnudó lentamente y la acarició y besó sin prisas, como hizo ella.

Se tumbaron en la cama y aprovecharon

cada segundo para tocarse, deleitarse y conocer cada rincón de sus cuerpos.

Él habría pasado horas, pero ella se impacientó.

Maggie lo puso de espaldas, se puso a horcajadas sobre él y lo introdujo en lo más profundo de su ser.

Maggie se rió con un gemido de placer, le sonrió y se cimbreó hasta que a Matt le hirvió toda la sangre.

–¡Eh! –Matt intentó frenarla un poco–. Si sigues así voy a perder el control.

–Lo sé –afirmó ella–. Me gustas cuando lo pierdes.

–¡Maggie! Te lo digo en serio...

–Shhh –ella fingió que fruncía el ceño–. ¿Quién está encima?

–Usted, mi ama –dijo Matt, riéndose.

Entonces, ella siguió moviéndose más lentamente, cada embestida duraba una eternidad, hasta que se liberó dentro de ella a cámara lenta. Ella también alcanzó el clímax y el placer fue sencillamente increíble.

Maggie se derrumbó encima de él. Matt la abrazó con toda su alma y los corazones latieron al unísono.

–Me gusta cuando pierdes el control –volvió a susurrarle Maggie.

Matt se rió.

—Ya, eso también puede aplicarse a mí. ¿Dónde has aprendido...?

Maggie levantó la cabeza y lo miró con destellos en los ojos.

—He leído mucho —tenía una sonrisa diabólica—. Me ha gustado lo de «mi ama».

¿Era posible que fuera el hombre más afortunado del mundo?

—Te adoro —le dijo Matt.

Ella se puso a llorar.

—Maggie... —le dijo con el corazón en un puño—. Por favor, no llores —la besó—. No te pongas triste.

—No estoy triste —ella también lo besó—. Lloro de felicidad. Matt, me alegro tanto de que no murieras...

Matt la abrazó con más fuerza.

—Yo también, Maggie. Yo también.

Capítulo Diez

Maggie se sentó en una butaca y miró al escenario.

Matt estaba ensayando una canción que cantaba con cuatro personas. Charlene, la soprano, estaba coqueteando con él y dejaba demasiado tiempo la mano sobre su brazo.

Matt miró a Maggie y le hizo una mueca.

—Hay cosas que no cambian nunca —le dijo Maggie con los labios—. Compórtate —añadió fingiendo un gesto de enfado.

—Sí, mi ama —le respondió él de la misma forma y con los ojos ardientes.

Hacía mucho calor y el ensayo se hacía interminable.

La soprano los observaba y Maggie le sonrió amablemente. Mala suerte, pensó Maggie, Matt estaba reservado.

—¡Diez minutos, no quince! —gritó Dan Fowler—. ¡Stone! Es hora de hablar de su pelo.

—Claro, perdona, Dan —Matt se sacó una goma del bolsillo y se hizo una cola de caballo—. Me lo apartaré si quieres.

—Lo quiero corto —la voz nasal de Dan retumbó en todo el teatro–. Esta noche ha venido una amiga que corta el pelo en Nueva York. Está dispuesta a cortárselo ahora mismo.

Matt se quedó helado. Maggie notó que hacía un esfuerzo enorme para tranquilizarse antes de hablar.

–Dale las gracias –replicó Matt–, pero no voy a cortármelo.

–Vaya –dijo Dan–. Cody trabaja en una de las mayores agencias publicitarias de Manhattan y no lleva el pelo largo.

–Lo siento, pero tendremos que hacer algo. Puedo atármelo y esconderlo debajo de la camisa. Puedo llevar una peluca si quieres.

Dan fue hacia el escenario acompañado de una mujer que vestía un mono negro muy ceñido.

–Vamos, Stone. Volverá a crecer. No va a morirse por cortarse el pelo. Ne me obligue a tratarle como a un niño travieso y atarle...

Matt dio un paso atrás.

–No.

Dan se paró en seco.

–Era una broma...

Maggie subió apresuradamente al escenario y se puso junto a Matt. Lo tomó de la mano y la apretó. Matt la miró.

–¿Qué le pasa esta noche, Stone? –Dan

entrecerró los ojos–. Parece un poco... ¿alterado? –se volvió hacia la butacas–. ¡Eh, Dolores!

Dolores apareció al instante como por arte de magia. Llevaba un recipiente de plástico en la mano.

Matt resopló. Pareció una risa, pero no denotaba nada de humor.

–Sencillamente, no quiero cortarme el pelo. Eso no significa que tome drogas.

–Tome el recipiente. Ya sabe lo que tiene que hacer.

–¿Estás insinuando que si no estoy de acuerdo contigo, tengo que hacerme una prueba de orina?

Matt subió el volumen de la voz a pesar de los esfuerzos por mantener la calma.

–No es un desacuerdo. Es un comportamiento extraño. Haga lo que tiene que hacer y luego vuelva para que le corten el pelo. Dolores, acompáñelo al cuarto de baño –ordenó Dan.

Matt no se movió. Se quedó mirándolo.

–¿Cree que es insustituible? –le preguntó Dan–. Pues está equivocado. Yo haré su papel sin ningún esfuerzo. En realidad, sería un placer.

Dan miró a Maggie y Matt comprendió perfectamente lo que quería decir.

Matt tenía cinco palabras en la punta de la lengua. Cinco palabras que le dirían exactamente lo que tenía que hacer.

Sin embargo, Maggie lo miraba y él cerró los ojos. Tomó aire por la nariz y lo soltó lentamente por la boca. Volvió a hacerlo con los ojos todavía cerrados.

–¿Qué hace? –preguntó Dan.

–Creo que intenta no matarte –le respondió Dolores irónicamente.

Matt repitió el ejercicio de respiración tres veces y luego abrió los ojos lentamente. Tomó el recipiente de manos de Dolores e incluso consiguió sonreírle.

–Haré la prueba –le dijo tranquilamente a Dan–, pero no voy a cortarme el pelo.

La cara de Dan era completamente inexpresiva mientras Maggie el explicaba por qué Matt no quería cortarse el pelo.

Hasta que se rió.

–¿De verdad te crees todas esas patrañas?

Maggie se quedó boquiabierta.

–¿Quieres decir que tú no lo crees?

–Efectivamente. Creo que es un cuento. Stone es lo que yo llamo un actor patológico. Cuando tratas con él, es imposible distinguir la realidad de la ficción.

Maggie se levantó y soltó las palabras que Matt había evitado decir.

–Quizá no tengas problemas para sustituir a Matt, pero ten en cuenta que si él se va, yo también me voy.

–Tranquila. Arreglaremos el asunto del pelo. No quiero que os vayáis ninguno de los dos, ¿de acuerdo? Solo pienso que no deberías creerte a pies juntillas todo lo que te dice Stone. ¿Te ha dicho en qué hospital estuvo?

–Sí. En el hospital contra el cáncer de la Universidad del Sur de California. Quizá debas llamar y comprobarlo.

–Quizá lo haga. Ah, por si te interesa, hasta el momento sus pruebas dicen que está limpio.

–Eres despreciable –le dijo Maggie.

Dan asintió con la cabeza y volvió a repasar los papeles que tenía sobre la mesa.

–Así es. En este momento me gustaría ser Stone. Sería maravilloso... –la miró–. Seguiré aquí si me necesitas cuando despiertes del sueño en el que vives.

–No te necesitaré.

Maggie se alejó presa de la indignación.

Maggie ya estaba despierta cuando apagó el despertador a las ocho de la mañana.

No había podido dormir ni comer desde que Matt se fue a California dos días antes. Solo podía trabajar. Trabajaba hasta tarde por la noche analizando los informes mensuales y buscando algún principio legal al que poder aferrarse si no aumentaban los beneficios.

Stevie y Matt, por su lado, habían trabajado codo con codo durante una semana en algo que Matt no quiso desvelarle hasta que hubieran investigado más.

Maggie seguía intentando hacerse con el codicilo misterioso; seguirle la pista había sido más complicado de lo que se había imaginado.

Se levantó, se duchó rápidamente y bajó a la oficina. Esperaba, como había esperado un millón de veces, que Matt le dejara ir con él.

Sin embargo, él había insistido en que se quedara en casa.

La llamó en cuanto aterrizó en Los Ángeles y varias veces más durante los últimos días. Le dijo que no tendría ningún resultado hasta el martes por la noche.

Por fin era martes.

Maggie miró el reloj.

Eran las ocho y media de la mañana.

Iba a ser un día muy largo.

El teléfono sonó a las nueve de la noche.

–Hola, Maggie –Matt parecía agotado.

Maggie cerró los ojos y tomó aire.

–Matt...

–Perdona que no te haya llamado antes. No puedes imaginarte lo que me ha costado conseguir un teléfono.

Si estuviera bien se lo habría dicho inmediatamente, ¿por qué no lo hacía? Maggie intentó contener el miedo que se apoderaba de ella.

–Dímelo –le apremió Maggie.

–Hay noticias buenas y malas. Creía que iba a poder tomar el último avión de vuelta de esta noche..

–Dios mío –Maggie respiró.

–No, esa es la mala noticia.

–Entonces, dime la buena.

–La buena noticia es que no hay nada seguro. Los resultados han sido... raros. Quieren estudiarlos antes de decirme algo.

–¿Cómo de raros? –le preguntó Maggie.

–No lo sé. Solo sé que seguimos esperando. La verdad es que pienso que el laboratorio se equivocó en algo y no se atreven a decírmelo. Yo preferiría que me lo dijeran. Es mejor que pensar...

–Matt, voy a tomar un vuelo.

–No –replicó él–. No lo hagas. He estado

imaginándote dormida en mi cama y trabajando en la oficina... Me ha ayudado mucho, Maggie. Te necesito allí, esperándome –Maggie oyó unas voces que le decían algo a Matt–. Tengo que colgar. Te llamaré en cuanto sepa algo. Te quiero.

–Voy a ir allá –dijo ella.

Sin embargo, la conexión se había cortado.

El primer vuelo a Los Ángeles despegaba del aeropuerto de Bradley unas horas después de medianoche.

Maggie había comprado el billete por Internet y luego se había dedicado a aprovechar el día.

Tuvo que presentar más documentos para intentar echar una ojeada al esquivo codicilo del testamento del señor Stone. Además, había ensayo a las siete. Tendría que irse un poco antes para llegar a tiempo al aeropuerto.

El día pasó con una lentitud interminable. Hizo cola tras cola y trató con funcionarios apáticos y desinteresados para intentar adivinar qué estaba mal en su petición para conseguir el codicilo.

Se comió de pie un sándwich de atún y volvió a enfrentarse con más burócratas. A las tres, después de haber pedido hablar con el supervisor, descubrió que le faltaba un formulario y que necesitaba la firma de Matt antes de poder continuar.

Salió para encontrarse con el tráfico parado en la autopista 95.

Una vez de vuelta en la casa, entró corriendo y comprobó que no había conectado el contestador automático. Quizá hubiera llamado Matt, pero nunca lo sabría. Se sentó en el suelo de la sala y lloró amargamente.

Dan recibió sorprendentemente bien que Matt no estuviera en el ensayo y que Maggie fuera a marcharse antes. Hizo que uno de los hombres del coro representara el papel de Cody.

Iban por la segunda mitad del segundo acto que empezaba con una canción que Maggie cantaba sola en el dormitorio de Lucy. La escena siguiente a la canción era la del beso arrebatador con la que habían hecho la prueba Matt y ella.

Daba igual las veces que la hubieran practicado, Matt seguía dejándola sin respiración. ¡Cómo lo echaba de menos!

Rhonda, la acompañante, empezó a tocar y Maggie intentó concentrarse en la canción. Era un balada lastimera en la que Lucy, que acababa de prometerse al rival de Cody, se preguntaba por qué se sentía tan desdichada cuando tenía que sentirse contenta. Maggie no tuvo ningún problema en transmitir la desdicha.

Desde sus adentros, rogó a Dios que le permitiera tener un final feliz con Matt.

La canción terminó lentamente y Maggie cerró los ojos siguiendo las instrucciones de Dan.

–Lucy, ¿sigues despierta?

Aquella voz era inconfundible y el corazón de Maggie le dio un vuelco mientras abría los ojos.

Matt estaba en el extremo opuesto del escenario con los vaqueros y la camiseta blanca irresistible. Parecía un poco cansado y algo pálido, pero estaba sonriendo.

–¡Matt!

La alcanzó en dos zancadas aunque ella se había lanzado hacia él. La abrazó y ella lo besó vorazmente, ansiosamente, plena de agradecimiento.

Se apartó un poco para mirarlo a los ojos.

Se había cortado el pelo. Lo tenía corto, muy parecido al que llevaba en el instituto. Intentó tragarse el temor a que se lo hubiera cortado porque no había funcionado como amuleto de la suerte.

—Estoy bien. Maggie, estoy limpio. El cáncer no se ha reproducido.

La sensación de alivio fue tan fuerte que se tambaleó. Matt la sujetó con fuerza y volvió a besarla.

—Eh, chicos —la voz de Dan atravesó la euforia de Maggie—. Esta reunión es muy emotiva, pero no nos lleva a ninguna parte. ¿Os importaría ajustaros a lo que dice el texto?

Matt miró al director sin soltar a Maggie.

—Por favor, ¿podemos tomarnos diez minutos?

—Ya os habéis tomado cinco —contestó Dan con un gruñido—. Hay previsto un descanso dentro de veinte minutos. Sigamos.

—Tengo que contarte muchas cosas —le susurró Matt.

Volvió a besarla antes de cruzar el escenario hasta su posición.

Dijeron sus diálogos de una forma casi automática y Maggie no separó los ojos de Matt. Temía parpadear y que él se desvaneciera como había aparecido.

El corte de pelo le resaltaba los rasgos exóticos de la cara. Estaba más guapo que nunca. Cuando se volvió y le dio ligeramente la espalda, Maggie comprobó que sólo se había cortado los lados y la parte de arriba de la cabeza. En la nuca tenía una cola de caballo tan larga como antes. Podía metérsela dentro de la camisa y nadie se daría cuenta de que el pelo le llegaba hasta la mitad de la espalda.

—Te preguntas qué sentirías si levantaras tus labios así... —dijo Matt antes de tomarle la cara y acercarla hacia él.

Maggie se quedó sin respiración al ver el amor que reflejaban sus ojos.

Matt se quedó un rato en silencio y abrazándola con todas sus fuerzas. Maggie podía notar que el corazón le latía contra ella.

—¡Por todos los santos! —el vozarrón de Dan retumbó en toda la sala—. ¡Diálogo! ¡Que alguien le dé la entrada!

—Y que yo bajara los míos, así... —dijo Dolores desde el fondo del escenario.

Sin embargo, Matt pareció no oírla.

—Maggie —dijo Matt con una voz áspera—, ¿te casarías conmigo?

A Maggie se le cortó el aliento. ¿Casarse con él? Para siempre. Para el resto de su vida. Él creía que viviría lo suficiente como para compartir su vida con ella.

Se sintió invadida por la felicidad y el alivio. Matt no podía haber hecho nada mejor para convencerla de que él creía que el cáncer había desaparecido.

En cuanto a casarse con él...

–Sí.

Matt la besó con una carcajada.

Todos los actores rompieron a aplaudir.

–Dios mío –la voz aburrida de Dan se oyó por encima de los aplausos–. Será mejor que nos tomemos un descanso.

Capítulo Once

—**S**tevie llega tarde –dijo Maggie.
–No –replicó Matt con calma–.
Nosotros hemos llegado pronto.

–¿No estás nada nervioso?

Todo parecía irreal. Habían solicitado el permiso de matrimonio, habían esperado el poco tiempo que tardó en tramitarse y ya estaban en la iglesia a punto de casarse.

Matt le sonrió.

–No.

Maggie, con el pelo recogido en un moño y vestida con un sencillo traje veraniego, era la novia más guapa que había visto en su vida. No estaba nervioso. Estaba agradecido, feliz, alegre e ilusionado, pero no nervioso.

Cuando estaba en el hospital y nadie le explicaba por qué tenía que hacerse más pruebas, había llegado a estar convencido de que la buena suerte se le había acabado.

Hasta que recibió la respuesta de su atónito médico. No solo estaba limpio, sino que la predisposición al cáncer de sus pulmones había desaparecido. Nadie podía explicárselo. Los médicos no se lo habían dicho porque no querían que se hiciera ilusiones y tenían que estar seguros de que no habían confundido los resultados con los de otro paciente.

Sobre todo, cuando el año anterior habían estado tan seguros de que no sobreviviría y allí estaba con una salud aparentemente perfecta.

Al menos, por el momento.

Matt no sabía si eso duraría cinco años, diez o cien, pero sí sabía que quería pasar todo el tiempo que fuera con Maggie.

No, no estaba nervioso.

Sin embargo, Maggie sí lo estaba.

—¿Y estás completamente seguro de que quieres hacer esto? —le preguntó—. Es tan definitivo... y repentino.

—Maggie, te quiero desde hace más doce años —le recordó él—. No es repentino, pero sí es definitivo —se entrelazaron los dedos—. Eres mi mejor amiga y el amor de mi vida —Matt sonrió para sus adentros—. Suena un poco trillado, pero...

—No lo es —a Maggie le resplandecían los ojos.

—Lo sé.

Matt la besó.

—Eh, ¿no hay que esperar a Después de las promesas para esas cochinadas? —les interrumpió Stevie.

—Tienes que aprender a ser puntual —le dijo Maggie con una sonrisa.

—Oh, ancianos —Stevie hizo una reverencia teatral—. Permítanme que les presente humildemente a mi amiga Danielle Trent.

—Había oído hablar mucho de vosotros —dijo Danielle—. Cuando Stevie me pidió que viniera a la boda, no pude negarme. Espero que no os importe.

—Claro que no —le aseguró Maggie.

—Es más, tienes un papel esencial —continuó Matt—. No podemos casarnos sin ti; necesitamos dos testigos.

—Tienes dieciocho años, ¿verdad? —le preguntó Maggie.

—Recién cumplidos.

—Perfecto —concluyó Matt.

El pastor de la iglesia abrió dos puertas enormes de madera y se acercó a ellos. Estrechó las manos de los cuatro con una amplia sonrisa en su cara redonda.

—Hacía años que no celebraba una boda íntima como esta —comentó mientras los acompañaba al fondo de la iglesia—. Haremos las promesas y el intercambio de anillos aquí, en el santuario. Luego iremos todos al despacho para hacer el papeleo.

—¡Los anillos! —exclamó Maggie—. Ya sabía yo que se nos olvidaba algo.

Sin embargo, Matt extendió la mano y Stevie dejó caer un estuche de terciopelo azul.

—Yo me he ocupado. Los anillos no están grabados ni los he medido, pero creo que podremos usarlos temporalmente.

Maggie lo miró y se dio cuenta una vez más de lo mucho que había cambiado aquel chico temerario que había conocido en el instituto. Allí estaba, alto, fuerte y sereno. Maggie supo sin ninguna duda que casarse con él era la decisión más inteligente que había tomado en su vida.

—¿Preparados? —preguntó el pastor con una sonrisa.

Maggie miró fijamente a Matt y sonrió. Sí, ella estaba preparada.

Matt no apartó la mirada de Maggie mientras repetía las palabras que los uniría. Su voz clara y sincera se oyó en toda la iglesia vacía. Su rostro no reflejó el menor rastro de duda y en su voz no hubo titubeo alguno.

Matt le puso el anillo, una sencilla alianza de oro, le sonrió y añadió una improvisación a las promesas estipuladas.

—Prometo que te querré siempre, Maggie. Siempre.

La palabra tenía un significado especial para ellos ya que los dos sabían que para

Matt «siempre» podía ser más corto que para los demás. A Maggie se le empañaron los ojos, pero le sonrió.

Su voz sí tembló un poco y cuando le puso el anillo le agarró la mano con fuerza.

—Prometo que te querré siempre, Matt —añadió también ella.

—Os declaro marido y mujer —el pastor sonrió—. Puede besar a la novia.

Matt inclinó la cabeza y los labios se rozaron, luego la abrazó y se besaron más intensamente.

—Ya eres mía —le susurró Matt al oído—. Eres mía.

La levantó en el aire y dieron un giro entre risas.

—¡Qué maravilla! —fue su grito de alegría.

Stevie miró al sonriente pastor con una ceja arqueada.

Maggie se agitó y al abrir lentamente los ojos vio que Matt sonreía a su lado.

La luz pálida del amanecer se colaba por las ventanas del dormitorio del torreón. Maggie contuvo el aliento al ver otra vez los cientos de rosas que había por todos los rincones de la habitación. Stevie y Danielle habían llegado tarde a la iglesia por culpa de aquellas rosas, pero el resultado era impresionante. Gracias a las flores, la habitación había adquirido un aire de cuento de hadas a la luz de las velas, pero lo conservaba a la luz del día y dos días después, su aroma todavía perfumaba la brisa que entraba por las ventanas.

—¿Qué hora es? —le preguntó a Matt mientras estiraba los brazos por encima de la cabeza.

—Casi las seis.

—¿Desde cuándo estás despierto? —Maggie se acurrucó contra él.

—Desde hace un rato.

Maggie lo miró.

—¿Un rato de dos horas o de cuatro?

Matt se encogió de hombros con una sonrisa.

—No me importa que te levantes si no puedes dormir —continuó Maggie.

—Lo sé, pero no quería levantarme. Quería quedarme aquí, contigo.

—¿Te quedas tumbado y piensas? —le preguntó Maggie que notaba la conocida oleada de deseo mientras entrelazaba las piernas con las de Matt.

—A veces —le contestó él—. Me gusta dedicarme un poco de tiempo todos los días; ya sabes, mantener mi perspectiva sobre lo que son problemas importantes y lo que son pequeños inconvenientes. Esta mañana, hace ya un buen rato, bajé y leí sobre la controversia entre usar bolsas de papel de aluminio o de plástico para las patatas fritas.

Maggie puso los ojos en blanco y se rió.

—Cuando consigamos la herencia —continuó Matt—, le subiremos bien el sueldo al director de la fábrica y le diremos que gobierne la nave con mano firme mientras nosotros nos vamos de luna de miel a algún paraíso tropical y exótico donde podamos correr desnudos por la playa.

La besó y ella lo notó duro y ardiente.

—O quizá a Europa —Matt siguió haciendo planes—. Siempre he querido ir a Europa. ¿Qué te parece, Maggie Stone?

Maggie Stone... Maggie suspiró de ilusión mientras él...

El teléfono sonó estruendosamente. Maggie dio un salto y agarró el brazo de Matt.

—No contestes, por favor. Ya dejarán un mensaje en el contestador.

Matt la miró.

—¿Con quién no quieres hablar ? —ella lo besó para intentar distraerlo, pero no lo consiguió—. ¿Quién podría llamar a las seis de la mañana? Angie, ¿verdad?

Maggie suspiró.

Matt se rió.

–Maggie, es imposible que Angie sepa que nos casamos el viernes. Stevie y Danielle prometieron no decir nada...

–Mi madre piensa que llevamos casados casi dos meses –le interrumpió Maggie–. Eso es algo que le diría a Angie si hubiera llamado preguntando por mí.

–Quizá Angie lo sepa y quizá no –Matt la miró a los ojos–. Creo que tú deberías llamarla y contárselo. Así dejarías de tener remordimientos.

–No tengo ningún remordimiento –lo dijo con tono airado.

–Sí lo tienes.

–No lo tengo.

–Tienes la sensación de culpa escrita en la cara –Matt sonrió–. Ya no puedes sentirte culpable por acostarte conmigo; estamos casados.

Maggie cerró los ojos y suspiró de placer mientras él seguía acariciándola con las manos y los labios.

–Llámala, Maggie. Hoy mismo.

–Bueno, de acuerdo.

–¿Me lo prometes?

Maggie abrió los ojos y lo miró.

–No es justo. Te prometería cualquier cosa en este momento.

Matt sonrió y la besó otra vez.

—Entonces, puede que sea un buen momento para hablar de la invitación a cenar en casa de tus padres esta noche.

—Oh, no... ¿Tenemos que ir?

—Sí —afirmó Matt con firmeza—. Podemos aprovechar la ocasión para decirles que nos hemos casado. Naturalmente, tendremos que enseñarle a tu padre el certificado como prueba.

—¿Te refieres a este certificado que no va en papel especial?

Matt se rió, la besó y los dos dejaron de hablar un rato.

—¿Dígame? —Angie contestó el teléfono casi inmediatamente.

—Hola, Angie —Maggie tenía el estómago encogido. Esa mañana, nadie había dejado un mensaje en el contestador, pero ella sabía que había sido Angie—. Soy yo.

—Maggie —la voz de Angie era fría y distante, pero no porque estuviera al otro lado del Atlántico—. Hace tiempo que no sabía nada de ti. ¿Qué tal Matt?

—Es curioso que me lo preguntes...

—Maggie, sabes que siempre te he considerado la persona más inteligente que he conocido porque no te habías dejado engatusar por Matt. Maldita sea, Maggie, ¿en qué estás pensando? ¿Estás viviendo con él? Tu madre me ha dicho que os habéis casado, pero yo sé que no puedes ser tan estúpida...

–Angie...

–O tan ingenua como para pensar que Matt puede comprometerse con alguien. Ese hombre es una serpiente, Maggie. Es posible que sea guapo o que sea muy bueno en la cama, pero no puedes confiar en él. Te prometerá la luna y luego se irá detrás de otra.

–No, Angie...

–Miente. Es un mentiroso y un farsante. No tiene corazón. Te lo juro, Maggie, sal de ahí antes de que sea tarde...

–¡Cállate! Angie, cállate un momento.

Podía oír la respiración entrecortada de su amiga al otro lado del teléfono. A ella le tembló la voz cuando empezó a hablar, de modo que se aclaró la garganta y volvió a empezar.

–No sé lo que te hizo –dijo Maggie con calma–, pero conmigo ha sido cariñoso y sincero.

–Por favor...

–Deja de hablar –le exigió Maggie–. Por una vez en tu vida, cállate y escúchame.

Silencio.

–Lo quiero.

Silencio.

—Me casé con él hace dos días.

—¿Cómo? Dios mío, eres tonta...

—Es bueno, cariñoso, divertido, inteligente y estoy loca por él —continuó Maggie sin hacer caso de la interrupción.

—Yo creía que estabas enamorada del hombre de la selva del gimnasio.

—Matt es el hombre de la selva. No lo reconocí al principio.

—¡Venga ya! ¿Que no lo reconociste? Dios mío, debería haberte animado a que te casaras con Brock. No sé por qué se ha casado Matt contigo, pero tiene que haber algún motivo oculto.

—Vaya, muchas gracias —Maggie lo dijo con un tono indignado—. ¿Por ejemplo? ¡Dime qué motivo puede tener para casarse conmigo!

—No lo sé...

—¿Qué te parece que me quiere? ¿Es ese un motivo oculto?

—No —contestó Angie—. Matt no sabe amar. Solo eres un premio.

—¿Qué...?

—Un premio. Eres algo que siempre quiso, pero que no había conseguido. Ya lo ha ganado. Pero ahora que se ha casado contigo, las demás mujeres del planeta serán algo que no tiene. ¿Cuánto tardará en competir por otro premio? ¿Un mes? ¿Dos?

–No –Maggie agarró el teléfono con tanta fuerza que los nudillos se le pusieron blancos–. Él me ama, Angie. Es mi marido, te guste o no.

–No me gusta. Maldita sea, Maggie. ¿Cómo has podido hacerme esto?

–¿Hacerte esto? ¿Qué tiene que ver contigo? Pareces celosa, como si siguieras enamorada de él. ¿Estás enfadada porque tú no lo conseguiste?

–¡No!

–¡Claro que no! Tú no lo quisiste. Te recuerdo que te has casado con otro hombre. No me he acostado con tu novio.

–¿Lo hiciste? –le preguntó Angie.

–¿Cómo dices?

–¿Te acostaste con él cuando era mi novio? –la voz de Angie estaba cargada de ira–. Dios mío, he estado intentando protegerte de él durante todo este tiempo y resulta que a lo mejor fuiste tú quien lo empezaste.

–No puedo creerme que me estés acusando...

–Yo no puedo creerme que puedas casarte con ese malnacido mentiroso y pretendas que sigamos siendo amigas como si no hubiera pasado nada.

—No pienso hablar contigo si vas a insultarlo.

—Entonces, es evidente que no tenemos nada más que decirnos –dijo Angie con un tono tenso–. Que te vaya bien, Maggie. Con un poco de suerte se morirá pronto y te quedará la oportunidad de ser feliz.

Angie colgó el teléfono y Maggie se quedó con la mirada clavada en la pared.

Lo que había dicho era espantoso y mucho más espantoso en aquellas circunstancias. Angie no sabía nada del cáncer de Matt, pero aun así no era excusa para decir algo semejante.

Maggie rompió a llorar.

Maggie estaba cortando tomates para una ensalada en la cocina de su madre cuando entró Stevie.

—Hola a todos. ¿Llego tarde?

Maggie le tiró un pepino.

—Lávalo y lávate las manos también.

—Ya lo sé, ya lo sé –Stevie fingió sentirse ofendido mientras la miraba por encima del hombro desde el fregadero–. ¿Qué tal Matt? ¿Ha venido o lo tienes encerrado en la oficina leyendo informes de 1960?

—Está en la sala con papá –le contestó

Maggie.

–¿Se lo has dicho a mamá?

–Decirme, ¿qué? –preguntó la señora Stanton.

–Nada –contestaron los dos a la vez mientras Maggie miraba con el ceño fruncido a su hermano.

–Maggie, por favor pregúntales a tu padre y a Matt lo que quieren beber con la cena. ¿Dónde está Vanessa?

–Dónde estará Vanessa... –repitió Stevie con tono irónico–. Es curioso, pero siempre desaparece justo antes de la cena, cuando hay que trabajar...

Maggie puso los ojos en blanco, se secó las manos con un paño y fue a la sala.

–¿Quieres cerveza, papá?

–Sí, por favor.

–¿Sabes dónde están Matt y Vanessa?

–Creo que están en el porche –su padre se levantó–. Voy a ver si tu madre necesita ayuda.

Maggie fue hasta la puerta corredera de cristal que daba al porche. Pudo oír la voz de Matt que hablaba con un tono calmado y lo vio sentado en la barandilla. Vanessa estaba de pie junto a él.

–Me casaré seguramente el verano que viene –decía ella–. Cuando tenga el divorcio.

–¿Estás segura de embarcarte en otro matrimonio tan pronto? —le preguntó Matt—. Pensaba que querrías tomártelo con calma.

Vanessa gruñó.

—Menudo eres tú para dar consejos. No puedo creerme que te hayas casado con Maggie —se rió y justo cuando Maggie iba a abrir la puerta, siguió hablando—. ¿Te acuerdas de la noche en Wildwood?

A Maggie se le paró el pulso. ¿Matt y Vanessa? ¿En Wildwood...? Wildwood era adonde iban las parejas de chicos a estar juntos.

—Cómo iba a olvidarme —la voz de Matt era inexpresiva.

Maggie sintió vértigo y volvió a la cocina.

Matt había salido con Vanessa. ¿Cuándo? ¿Por qué no se había enterado?

¿Cómo había sido capaz Matt? Nunca le había gustado Vanessa. Al menos, eso le había dicho a ella...

Se sentó a la mesa de la cocina e intentó serenarse. Era algo que había pasado hacía diez años. Matt le quería a ella. Se había casado con ella.

En al porche, Matt miró a Vannesa.

—Tuviste suerte de montarte en mi coche. Si llega a ser otro...

Vanessa se rió.

—Estaba tan borracha... —sacudió la cabeza—. No podía creerme que Bill Fitch me hubiera rechazado. Fue... humillante —miró a Matt—. ¿Sabes que me habría acostado contigo?

Matt asintió con la cabeza.

—Sí, lo sé.

—Pero tú ya estabas enamorado de Maggie, ¿verdad?

Matt volvió a asentir con la cabeza.

—Sí.

—Es muy afortunada. ¿Alguna vez te he dado las gracias por llevarme a casa aquella noche?

Matt se rió.

—No precisamente.

Stevie apareció en la puerta.

—La cena está servida.

Vanessa tomó a Matt de brazo.

—Gracias —le dijo—. Sé bueno con mi hermana.

—Lo seré —le aseguró Matt con una sonrisa.

Maggie no abrió la boca mientras iban en el coche de vuelta a casa.

Matt la miró.

—Tampoco ha sido para tanto, ¿no?

Maggie pensó que había sido espantoso.

—Ahora que tu familia sabe que estamos casados, ya podemos decírselo a los demás —continuó Matt—. Quiero que lo sepa todo el mundo.

Maggie sólo pudo esbozar una sonrisa sin vida. No podía quitarse de la cabeza la imagen de Matt con Vanessa.

¿Habrían hecho el amor en el asiento trasero del coche de Matt? Era algo muy viejo y no debería importarle, pero le importaba.

Cuando entraron en la casa, Matt la abrazó y la besó.

—Si no te importa, voy a trabajar un rato —dijo él—. Todavía no he terminado de leer todo ese asunto del envasado.

—Matt —la voz le resultó tensa incluso a ella misma—. Alguna vez...

Quería saber si se había acostado con su hermana, pero no podía preguntárselo así.

Matt la miraba y esperaba pacientemente a que terminara la frase.

—¿Has salido alguna vez con Vanessa?

Sabía que le daría una respuesta vaga y con muchos rodeos...

—No —respondió Matt entre risas como si le pareciera una pregunta muy graciosa.

Maggie lo miró atónita.

—Nunca —insistió Matt—. No me parecía

nada atractiva. Sigue sin parecérmelo. Es tan... ya sabes.

—¿Ni una sola vez? —consiguió preguntarle Maggie.

¿Estaba mintiendole?

Matt sonrió con una mirada cariñosa y sincera.

—Ni una sola vez.

Maggie oyó el eco de la voz de Vanessa.

—«¿Te acuerdas de la noche en Wildwood?»

—«Cómo iba a olvidarme...»

Había sido la respuesta de Matt.

Si hacía un par de horas no podía olvidarse, era imposible que lo hubiera olvidado en ese momento.

Le estaba mintiendo.

Matt abrió la puerta de la oficina y encendió la luz.

—¿Vienes? —le preguntó a Maggie.

—Tengo que hacer unas cosas arriba —Maggie se inventó una excusa y se fue precipitadamente.

—Por favor, ¿te importaría bajarme las carpetas sobre el envasado que he dejado en el dormitorio? —le gritó Matt.

Maggie no contestó y subió las escaleras de dos en dos.

Se sentó unos minutos en la cama con la mirada fija en la ventana.

Matt le había mentido.

Lo más aterrador de todo era que si no hubiera sabido la verdad, nunca habría sospechado que le mentía. La voz, la expresión, los ojos, todo parecía tan sincero...

Se acordó de cuando Dan Fowler le había dicho que Matt era un actor patológico y que no se creyera nada de lo que decía.

Angie también había insistido una y otra vez en que era un mentiroso.

Sin embargo, Matt la amaba y ella lo amaba a él.

¿O no?

No podía creerse que le hubiera mentido sobre algo así. Se levantó dispuesta a preguntárselo otra vez y a decirle lo que había oído. Recogió las carpetas que le había pedido Matt. Eran tres carpetas, pero en la mesilla sólo había dos.

Maggie abrió el maletín y echó una ojeada a las carpetas que había dentro. No estaban etiquetadas, así que abrió la primera y ojeó los documentos.

Primero los miró por encima, pero luego empezó a leerlos con más detenimiento y sin salir de su asombro.

Era el codicilo del testamento. Matt lo tenía desde el principio, ¿por qué no se lo había dado?

Era un documento engorroso y largo que se resumía en que Matt heredaría automáticamente si se casaba antes del trimestre.

La habitación, con todas las rosas, empezó a darle vueltas.

Maggie se sentó. El codicilo especificaba que la mujer tenía que ser mayor de veinticinco años; con un título universitario; un miembro destacado de la comunidad y, preferiblemente, que hubiera residido mucho tiempo allí, en Eastfield.

Maggie cumplía perfectamente los requisitos. Demasiado perfectamente.

Las palabras de Angie sobre un motivo oculto le golpearon como un mazo. Matt heredaba una fortuna por casarse con ella.

No la amaba. No la había amado nunca. Se había casado con ella porque estaba dispuesta y libre y, además, reunía las condiciones del testamento.

Ordenó mentalmente todas las pruebas y las implicaciones, pero aun así, lo negó.

Matt la amaba.

Nadie podía mentir tan absolutamente, tan perfectamente, tan implacablemente.

Sonó el teléfono que había en la mesilla de Matt.

Maggie descolgó.

–Hola –adivinó que Matt estaba sonriendo por el tono de voz–. ¿Te ha pasado algo? ¿Qué pasa con las carpetas? Mejor dicho, ¿qué pasa con mi mujer?

–Bajo ahora mismo.

Quizá no fuera el codicilo auténtico. Quizá el auténtico fuera diferente. Quizá no tuviera nada que ver con el matrimonio. Quizá...

Al día siguiente, el tribunal iba a darle el codicilo. Maggie rezó para que fuera distinto.

–Mañana iré a la joyería a recoger los anillos de boda –le dijo Matt mientras cruzaban el aparcamiento del teatro–. A lo mejor podríamos esperar hasta entonces para decir a todo el mundo que estamos casados, ¿te parece bien?

Ella no contestó y Matt se rió.

–¡Eh! Maggie... ¿Dónde estás?

Ella dio un respingo, lo miró y se tropezó con una grieta del pavimento. Matt la agarró del brazo para que no se cayera.

–¿Estás bien? –le preguntó Matt.

Ella asintió con la cabeza, pero Matt notó que los ojos denotaban cansancio y la boca tensión.

–La cena con tus padres te he alterado mucho, ¿no? –Matt le apartó un mechón de pelo de la cara–. Lo siento. Tú no querías ir y yo te convencí.

–Matt, ¿me quieres?

–¿Cómo dices? Sabes perfectamente que sí.

Ella asintió con la cabeza, pero la sonrisa era forzada.

–No... –Matt se aclaró la garganta y empezó otra vez–. No dudarás de mí, ¿verdad?

–No seas tonto –le contestó ella mientras entraban en el teatro.

Hacia el final del ensayo, cuando Matt estaba en el escenario para representar un número que hacía solo, Dan Fowler se sentó en la butaca que había junto a Maggie.

–El hospital contra el cáncer de la Universidad del Sur de California , ¿verdad? –le preguntó a Maggie sin saludarla.

Ella no hizo ningún gesto.

–Sí. Allí estuvo.

–No. Allí no estuvo.

Maggie miró a Dan, pero él tenía la mirada fija en el escenario, en Matt.

–Muy bien –a Maggie el corazón se le salía del pecho–, ¿de qué lo acusas ahora?

Dan se volvió para mirarla.

–No lo acuso de nada –el tono era inexpresivo, pero la mirada era gélida–. Solo digo que he llamado para verificar la historia del cáncer y en el hospital contra el cáncer de la Universidad del Sur de California no hay registrado ningún Matthew Stone –se encogió de hombros y se levantó–. Las acusaciones te las dejo a ti.

Capítulo Doce

Maggie le temblaban las manos mientras marcaba el teléfono. Había sido un tormento esperar hasta mediodía, las nueve de la mañana en California.

Matt y Stevie estaban en la cocina preparando la comida y ella se alegraba de poder contar con esa intimidad para hacer aquella llamada.

Una llamada que demostraría que Dan Fowler estaba equivocado.

Una mujer mayor contestó el teléfono.

—Hospital contra el cáncer de la Universidad del Sur de California.. ¿En qué puedo ayudarlo?

—Verá —le tembló la voz y tomó aire—. Mi marido estuvo allí hace unas semanas y tengo que comprobar las fechas exactas de sus estancias previas para el formulario del seguro. ¿Podría ponerme con alguien que pueda ayudarme?

—Yo debería tener esa información en el ordenador. ¿Cómo se llama su marido?

Maggie se lo dijo.

–Mmm –dijo la mujer y Maggie sintió un dolor en el estómago–. STONE, ¿no?

–Sí.

–No hay ningún Matthew Stone. Ni en este mes ni en ningún otro. Quizá se haya confundido con el hospital de la Universidad de California en Los Ángeles.

–Lo siento –Maggie colgó el teléfono.

Mentira. Todo era mentira.

–¡Eh! Maggie –Stevie volvió a la oficina–. Matt te ha hecho una ensalada. ¿Quieres tomarla aquí o en la cocina?

–¡Hay alguien! –su hermano fue hasta la puerta– ¡El cartero!

Stevie abrió la puerta y recogió un montón de cartas del anciano.

El cartero le dejó una carta certificada en la mano extendida.

–Fírmala aquí y aquí –le señaló el buen hombre.

Por lo menos, Matt no tenía cáncer, por lo menos, no iba a morirse.

–¡Eh, Maggie! –exclamó Stevie mientras cerraba la puerta–. Parece esa cosa legal que estabas esperando.

Ella apoyó la cabeza en la mesa y empezó a llorar.

Stevie la miró perplejo.

–Dame esa maldita carta.

Maggie le arrebató la carta de la mano. Rompió el sobre y extendió el documento sobre la mesa.

Era el codicilo y era el mismo que había visto en el maletín de Matt.

No la amaba. Estaba utilizándola.

Mejor dicho, la había utilizado, pero iba a dejar de hacerlo en ese instante.

—¿Tienes aquí tu coche? —preguntó a Stevie mientras se sonaba la nariz ruidosamente.

—Sí, ¿por qué? —su hermano parecía muy nervioso— ¿Qué pasa?

—Lo necesito.

—¿Sí? —Matt entró en la habitación con una gran sonrisa—. ¿Vas a algún sitio?

Maggie se volvió para mirarlo. ¿Cómo era posible que alguien tan maravilloso pudiera hacer algo tan horrible? ¿Cómo había podido creerlo?

La sonrisa de Matt desapareció al mirarla.

—¿Qué pasa? —preguntó.

—Sé la verdad —Maggie no estaba dispuesta a llorar delante de él—. Desgraciado.

Matt no entendía nada.

—¿Cómo dices?

—Eres muy buen actor.

Maggie respiró profundamente y contuvo las lágrimas. Ya se desahogaría más tarde. En ese momento, soló sentía un rencor gélido.

–Sin embargo –continuó–, puedes ahorrarte la actuación, Matt. Acaba de llegar el codicilo del testamento. Ya no tienes que fingir. Evidentemente, has ganado.

–Maggie, me asustas. ¿De qué estás hablando?

Maggie agarró el documento y le golpeó el pecho con él.

–Todo está escrito en el codicilo, pero también puedes ahorrarte las farsas. Sé que has leído una copia.

Matt frunció el ceño y fingió ojear el documento.

–Aunque es posible que solo pienses que has ganado –siguió diciendo Maggie–. Voy a pedir la anulación.

Stevie los miraba con la boca abierta.

–¿De qué estás hablando? –repitió Matt.

Parecía atónito. La incredulidad y perplejidad le cruzaban el rostro alternativamente.

–Maggie, no puedes decirlo en serio.

–No puedo decirlo más en serio.

–¿Qué dice aquí? –Matt agitó el documento delante de ella–. Sabes que no entiendo nada de cuestiones legales...

–Sabes muy bien lo que dice –Maggie fue hacia la puerta.

Matt la agarró del brazo.

–¡Suéltame! –gritó Maggie.

–Eh, chicos, será mejor que me vaya –intervino Stevie.

–¡No! –exclamó Maggie.

–Sí –replicó Matt–. Stevie vete fuera y déjanos solos, ¿de acuerdo?

–Si no salgo dentro de quince minutos, llama a la policía –le ordenó Maggie.

Matt dio un paso atrás.

–¿De verdad crees que voy a hacerte algo...?

–Ya lo has hecho –le respondió ella.

–¿Cómo? –le preguntó mientras intentaba mirarla a la cara–. Por el amor de Dios, Maggie, dime qué está pasando.

Maggie salió de la oficina y subió las escaleras.

–Maggie, dime algo –le suplicó Matt que la había seguido hasta la habitación donde ella guardaba la ropa–. Te quiero y tú me querías. Estamos casados.

Ella se volvió y lo miró a la cara.

–Estábamos.

–¿Qué? –Matt gritó con el rostro crispado por la desesperación y el codicilo estrujado entre los puños–. ¡Maldita sea, Maggie! ¡Por qué ya no estamos casados!

–De acuerdo –concedió Maggie–. Lo haremos a tu manera. El codicilo establece que tú heredarás automáticamente si te casas antes de que acabe el trimestre. Las condiciones están enumeradas muy claramente en el párrafo quinto.

Matt alisó el documento y lo leyó. Su rostro indicó que lo había entendido.

—¡Bravo! —Maggie aplaudió—. Tengo que reconocer, Matt, que eres un magnífico actor, pero puedes reservarte para el Oscar, porque yo sé que lo habías leído. He visto una copia en tu maletín.

—Si había una copia ahí, yo no lo sabía.

Maggie se rió.

—Podría haberte creído, pero si lo añado a todo lo demás...

—¿Qué es todo lo demás? —estaba desquiciado.

—Todas las mentiras —Maggie bajó la bolsa del gimnasio de lo alto del armario y empezó a sacar la ropa para apilarla sobre la cama—. Tenían toda la razón, pero yo fui tan estúpida que te creí...

—¿Quién tenía razón?

—Angie...

—¡Maldita sea! Debería haberme supuesto que ella estaba detrás de todo esto.

—Y Dan Fowler.

—Él tampoco es el presidente de mi club de fans... Venga... Estoy deseando oír qué te han dicho de mí.

—¡Que eres un mentiroso! —le gritó ella—. ¡Y tienen razón! Me has mentido. ¡Te has servido de trucos y mentiras para casarte conmigo!

—Por favor, Maggie, no crees lo que estás diciendo, ¿verdad? Pensaba que me creías, que confiabas en mí... —se le quebró la voz y los ojos se le empañaron de lágrimas.

Todo era una actuación. Una lágrima le resbaló por la mejilla, pero era parte de la interpretación.

—Nunca te he mentido —le aseguró Matt.

—Eso no lo sé —le dijo Maggie mientras metía toda la ropa que cabía en la bolsa del gimnasio—. Según tú, decirle a alguien que tenías cáncer cuando no es verdad sólo es una mentirijilla, ¿no? —se volvió para mirarlo—. He llamado al hospital, Matt. No te conocen. Nunca has estado allí. Me dijiste que nunca habías salido con Vanessa, pero yo te oí hablar con ella de haber estado en Wildwood —se detuvo para tomar aire—. ¡Me has mentido descaradamente cuando te lo pregunté!

—No —a Matt le vaciló la voz—. No puedo creerme que pienses eso...

Maggie lo apartó de su camino.

—Pero la mayor mentira fue cuando te casaste conmigo –cada vez le costaba más contener las lágrimas–. Dijiste que me amabas, pero ya sé que no es verdad. Ya sé por qué te has casado conmigo y no tiene nada que ver con el amor.

La expresión de la cara de Matt le habría destrozado el corazón si no hubiera sabido que era una representación.

–Sin embargo, ¿sabes qué? –le susurró Maggie–. Yo también te mentí cuando dije que te querría siempre, porque te aseguro que ya no te quiero.

Matt se dio la vuelta y salió de la habitación.

Volvió al cabo de un momento y dejó una maleta vacía sobre la cama.

–Le diré a Stevie que te ayude –le dijo sin perder la calma. Estaba casi en la puerta cuando se volvió–. Pensaba que me creías. Pensaba que tenías fe en mí, pero, ¿por qué ibas a ser distinta a los demás?

Maggie entró en el teatro y vio a Matt de pie junto al escenario. Iba vestido de negro y estaba rodeado por casi todo el reparto femenino. Aun así, la miró como si tuviera un sexto sentido que le dijera cuándo estaba ella cerca.

—¡A sus sitios! —gritó Dolores—. Esta noche vamos a hacer la obra entera desde el principio.

Maggie dejó la bolsa en una butaca y subió al escenario sin ganas.

Era consciente de que Matt la observaba entre bastidores y no podía concentrarse. Él saldría en cualquier momento y ella tendría que besarlo.

Tenía que conservar la ira. Podría superarlo si conseguía mantener la ira y actuar bien.

Matt la miró y quiso llorar. ¿Cuándo había pasado? ¿Cuándo había empezado a dudar de él? ¿Acaso había desconfiado desde el principio?

Si ella era así, entonces, no la quería. Se había librado de una buena. Le había hecho un favor al dejarlo.

Maggie sonrió resplandecientemente sobre los hombros de los hombres del coro.

Matt cerró los ojos de furia al sentir que el deseo se apoderaba de él. Ella no confiaba en él, pero él seguía deseándola.

Tendría que besarla enseguida.

No podía hacerlo.

Sin embargo, el regidor le dio la entrada y él salió al escenario. Los focos se centraron en él y se encontró enfrente de Maggie. Se miraron a los ojos. Abrió la boca y, sin saber cómo, dijo su parte del diálogo.

Ella estaba impasible y tranquila.

Sin embargo, cuando la atrajo hacia sí para besarla, vio un destello de ira en sus ojos. Él notó que su ira también aumentaba y la besó con rabia por seguir deseándola y porque sabía que antes de que pasara esa noche le suplicaría que volviera con él.

Maggie se sentó en un rincón oscuro del escenario y rezó para que terminaran los quince minutos de descanso. Le agotaba estar con Matt en el escenario y no quería verlo fuera.

Sin embargo, él la encontró.

–Maggie.

Matt estaba a contraluz y no le veía la cara. Ella se levantó para irse de allí.

–Tenemos que hablar.

–No hay nada que decir.

Matt la siguió hasta las luces del escenario.

–Hay mucho que decir. Por lo menos dame la oportunidad de defenderme.

–Déjame en paz.

–Maggie, por favor, te quiero.

Lo miró, vio que tenía los ojos empañados de lágrimas y notó que toda la ira le volvía de golpe.

–Impresionante. Pareces muy sincero, pero las lágrimas son un poco excesivas, ¿no crees? Déjalo, Matt. No te creo. Además, ya no me necesitas. No voy a pedir la anulación. Pediré el divorcio cuando hayas heredado.

–¿De verdad crees que se trata de dinero?

Ella no dijo nada.

Matt asintió con la cabeza.

–Me querías lo suficiente como para casarte conmigo. Por lo menos me debes la oportunidad de decirte...

–No te debo nada.

–¿Cómo puedes decir eso? –Matt se sentía mareado–. Tendrías que hablar con tu hermana. Si no me crees, pregúntaselo a ella. Yo hablaré con mi médico y él te llamará. O tú puedes llamarlo. Estuve allí...

–Olvídalo, Matt. Me da igual.

Matt la miró fijamente. Le daba igual. Él estaba dispuesto a suplicar o a arrastrarse por el suelo, pero era ella quien lo había decepcionado. Era ella quien no confiaba en él. Él estaba dispuesto a aceptar su culpa hasta que se demostrara su inocencia si con eso la recuperaba.

Sin embargo, le daba igual.

Se había evaporado el último resquicio de esperanza.

Capítulo Trece

—¿Dónde se ha metido? –bramó Dan Fowler–. ¡Lo sabía! ¡Sabía que no podía confiar en ese desgraciado para ser el protagonista!

–Mi hermano trabaja con Matt –intervino Maggie–. Acabo de hablar con él por teléfono y me ha dicho que no lo ha visto en todo el día.

Una tormenta acababa de estallar fuera y un trueno retumbó encima de ellos.

–Fantástico, fantástico –gruñó Dan–. Os habéis peleado, ¿verdad?

–Hemos roto –Maggie se sintió mareada al decir esas palabras en voz alta.

–Y él ha desaparecido –Dan empezó a ir de un lado a otro entre juramentos–. El suplente es malísimo. Tendremos que cambiar los números musicales...

–Creo que deberías tranquilizarte –le propuso Maggie–. Matt no dejaría el espectáculo. Seguro que aparecerá.

Dan dejó de deambular y la miró fijamente.

–¿Te ha atropellado un camión o qué? Ese tipo te hace esto y tú lo defiendes...

–Sencillamente no creo que deje el espectáculo el día antes del estreno –insistió Maggie–. Vendrá.

–Vaya, no sé por qué, pero no esperaba que fueras mi defensora.

Maggie se volvió y se encontró con Matt detrás de ellos. Parecía agotado y estaba empapado.

–¡Llega tarde! –le gritó Dan–. Pagamos a la orquesta por horas. ¿Dónde se había metido?

Matt dejó de mirar a Maggie.

–Se puede inundar la fábrica con esta tormenta. He estado organizando equipos de gente para que pongan sacos de tierra. Debería haber llamado. Durante las últimas horas siempre he estado a punto de montarme en el coche y venir, pero al final siempre aparecía alguien que quería hablar conmigo. Siento el retraso.

–¡A sus sitios! –Dan ya estaba dando voces–. ¡Stone a maquillarse y vestirse! ¡Ya!

Después del ensayo general, Maggie alargó el brazo por la espalda para bajarse la cremallera del vestido que llevaba en el número final. La bajó todo lo que pudo, pero no consiguió bajarla del todo.

Notó una mano cálida en el hombro y que la cremallera bajaba hasta el final.

Se sujetó el vestido por delante y se dio la vuelta.

Matt.

Sus ojos mostraban la misma furia que habían mostrado durante toda la noche, pero la expresión del rostro y las palabras fueron cordiales.

—Has estado muy bien.

Maggie se rió.

—Sé perfectamente cómo he estado. Es una prueba muy ardua para mí, Matt. Estoy deseando que acabe.

—Ya, a mí me pasa lo mismo —se aclaró la garganta—. Solo quería decirte que me vuelvo a California cuando termine el trimestre. Ya he contratado un abogado para el divorcio... y quiero que te quedes la casa.

Maggie se quedó mirándolo.

—No podría vivir aquí si estás tú —continuó Matt—. Sé que a ti te gusta vivir aquí...

—Eso es un disparate —dijo Maggie—. Esa casa debe de valer millones.

—No es un disparate mayor que el resto de lo que ha pasado.

Matt se fue.

Maggie estaba entre bastidores y escuchaba a la gente que ocupaba sus asientos.

Era la noche del estreno y faltaban diez minutos para que levantaran el telón.

Matt ya estaba maquillado y bromeaba con todo el mundo que veía.

Maggie cerró los ojos y deseó que fuera tan fácil para ella. Deseó poder convertirse en otra persona por arte de magia.

Sin embargo, Lucy, su personaje, se parecía demasiado a ella misma y no era una buena escapatoria.

–Hola, Maggie.

Se volvió y se encontró con Stevie. Llevaba unos vaqueros con una costra de barro y una camiseta que alguna vez fue blanca.

–Vaya... Veo que te has vestido para la ocasión.

Stevie sonrió.

–Vendré a ver la obra mañana por la noche. Con Danielle –se rió–. Tenemos una cita en toda regla. Matt va a dejarme el Maserati y todo.

–¿Una cita? ¿Quieres decir que al final...?

–Sí. Al final seguí tu consejo. Habíamos salido con todo el grupo y no pude aguantarme un segundo más. Le dije que estaba completamente enamorado de ella y que si no me besaba en aquel instante, me moriría.

–¿Lo hiciste? –Maggie se rió–. ¡Dios mío!

–Ella se rió y yo me quedé espantado al pensar en la humillación, pero entonces... –hizo una pausa muy teatral–. Me besó. ¡Buumm! Delante de todo el mundo –sonrió–. Ella también me quiere.

–Es maravilloso.

–He venido para darte las gracias y desearte mucha mierda.

–Gracias.

–¿Os habéis reconciliado Matt y tú?

–No creo que vayamos a hacerlo.

Stevie puso los ojos en blanco.

–Eres tonta, Maggie. Él te quiere.

–Se casó conmigo por la herencia.

–¿No creerás eso de verdad? –le preguntó su hermano.

–No lo sé –reconoció ella.

–Sí lo sabes. Lo conoces, Maggie. Es una buena persona. Un poco raro con eso de la dieta y los horarios de dormir, pero... lo conoces.

Ella creía que lo conocía.

–Se ha pasado horas y horas en la biblioteca de derecho –le comentó su hermano–. Está trabajando en algo que tú podrías hacer en cinco minutos. Podías ayudarlo. A no ser que te de igual que caiga enfermo...

Maggie lo miró.

–Eso es ponerme contra la pared.

–¿No me harías el favor de hablar con él? Si no lo haces por él ni por ti, ¿no lo harías por mí?

Ella se limitó a negar con la cabeza.

–¡A sus sitios! –gritó Dolores.

Su hermano se alejó de espaldas y le dijo con los labios que hablara con Matt.

¿Qué podía decirle?

Maggie tomó aire y salió al centro del escenario. Cerró los ojos y bajó la cabeza para relajarse.

Esa noche, Lucy tendría un final feliz.

Maggie daría cualquier cosa por tenerlo también.

Todo el mundo estaba entusiasmado cuando bajaron el telón después del último saludo. Había sido un gran éxito.

Matt tomó a Maggie en vilo y dieron vueltas y vueltas. Ella le sonreía agarrada de su cuello y él, sin pensarlo, la besó. Ella separó los labios y Matt la devoró mientras deseaba poder ralentizar aquel momento. Notaba que el corazón se le salía del pecho.

Ella se separó y Matt la soltó inmediatamente.

–Cody y Lucy siempre se entusiasman un

poco –dijo Maggie.

Cody y Lucy, no Matt y Maggie, pensó Matt.

–Lo siento.

–Has estado sensacional –le dijo ella.

–Tú también.

Los demás actores hablaban animados a su alrededor y alguien descorchó una botella de champán.

–No quiero tu casa –le dijo Maggie tranquilamente.

–Mala suerte –le replicó él.

–Lo digo en serio, Matt. Stevie me ha dicho que estás trabajando en algo, pero no tienes que hacerlo. Podemos ir al tribunal en algún momento de las próximas semanas y enseñarles el certificado de matrimonio. Ya has ganado.

Matt se rió con amargura.

–¿Llamas ganar a esto?

Sintió que se enfurecía y se alejó, pero volvió a darse la vuelta.

–No solo voy a darte la casa –continuó Matt–. También voy a darte la mitad de mi participación en la empresa.

Maggie se quedó helada.

–Matt...

–Como tú has dicho –le recriminó Matt–, he ganado y no habría podido hacerlo sin tu ayuda. La casa es tu recompensa por eso. La mitad de la empresa es tuya porque, lo creas o no, te consideraba realmente mi mujer, pero si lo prefieres, puedes tomarlo como un pago por tus favores sexuales.

Maggie tenía los ojos como ascuas. Era un imbécil. Maggie, como reacción, dijo unas palabras que él no le había oído decir jamás. Al menos en esa década.

Sin embargo, cuando Matt salía del aparcamiento, se dio cuenta de que ella no habría reaccionado así si él no le importara.

Quizá estuviera planteándolo todo mal. Quizá, en vez de demostrarle lo tranquilo y contenido que era, lo mucho que había cambiado en todos esos años, quizá debiera...

Matt tuvo esperanzas por primera vez en muchos días.

Fua a toda velocidad hacia Sparky's donde todo el mundo iba a reunirse para celebrar el estreno. Quería llegar el primero.

Maggie abrió la puerta de Sparky's sin mucho entusiasmo.

Sin embargo, era tradición del grupo de teatro celebrar el estreno de la obra.

Maggie se quedaría para el brindis y luego se iría a casa lo antes posible.

Cuando entró, vio que Matt ya estaba allí... sentado en un taburete de la barra. Charlene, la soprano coqueta, estaba junto a él. Ella se inclinó para decirle algo y ¡él tenía el brazo alrededor de su espalda!

Maggie apartó la mirada, pero ya había visto los ojos de Matt que la miraban desde el espejo.

Además, había tenido el atrevimiento de sonreírle.

Se encontró mirando a la máquina de discos con la vista nublada por lágrimas de celos. No, eran lágrimas de ira. No estaba celosa, estaba furiosa.

Había tenido que soportar lo de los favores sexuales y encima... eso.

Levantó la mirada y se encontró con Matt detrás de ella. Parpadeó para contener las lágrimas y buscó una moneda en el bolsillo. La metió por la ranura y fingió estar absorta en elegir una canción, pero él se adelantó y pulsó el número de una canción de The Beatles.

–Baila conmigo –le pidió Matt.

Maggie lo miró con un agotamiento repentino. Había bailado toda la noche con él y eso no había resuelto nada

–¿Por qué no bailas con Charlene?

–Se ha sentado a mi lado. ¿Qué podía hacer?

–¿También te ha obligado a que le pasaras el brazo por encima? Creo que es evidente que lo nuestro ha terminado. ¿Por qué no te fumas un cigarrillo y te tomas una cerveza tranquilamente con Charlene?

–¿Es lo que quieres?

Ella estaba picando el anzuelo. Era perfecto. Tenía razón, ella todavía lo quería. Quiso besarla, pero se encogió de hombros.

–Muy bien.

Matt recordó cómo se comportaba cuando estaba en el instituto. No le costó nada volver a representar aquel personaje. Ya había empezado a hacerlo en la barra.

Se dio la vuelta y casi chocó con la camarera. Tomó una de las jarras de cerveza que llevaba en la bandeja sin hacer caso de sus quejas y fue a una mesa donde estaban sentados algunos actores. Dejó la cerveza, agarró un paquete de tabaco, sacó un cigarrillo y lo encendió lentamente mientras aguantaba la mirada de Maggie.

Volvió a tomar la jarra de cerveza y se dirigió hacia ella mientras daba un gran sorbo y una profunda calada.

Tuvo que hacer un esfuerzo enorme para no toser. Le espantaba el sabor de las dos cosas, pero lo disimuló.

–Así está mejor, ¿no? –soltó el humo sin

231

apartar la mirada de ella–. Es lo que esperabas de mí, ¿verdad? Nunca cambiaría...

Dio otro sorbo de cerveza y vio con el rabillo del ojo que Dan Fowler los miraba con fascinación y espanto.

Maggie tenía los ojos llenos de lágrimas.

–Matt, para.

–No sé, Maggie... –Matt elevó el volumen de su voz–. Me has encasillado en este papel. Soy un mentiroso y un farsante, ¿no? Por lo menos, eso dicen Angie y Dan. Un mentiroso que bebe y fuma demasiado. Por no decir nada de Charlene. Creo que estará encantada de irse a casa conmigo, ¿verdad? ¡Pero a lo mejor prefiere ver antes esto!

Fue a beberse el resto de cerveza, pero se lo derramó por encima del pecho.

–¡O esto!

Golpeó la jarra de cerveza con tal fuerza sobre la máquina que el disco chirrió y la música se paró.

El bar quedó en silencio.

Sin embargo, Matt se apaciguó mientras apagaba el cigarrillo en un cenicero.

–Estás dispuesta a creértelo todo sobre mí –le dijo suavemente a Maggie–, pero no te crees que te quiero. Si eso es así, vete al infierno, Maggie, no quiero saber nada de ti.

Se dio la vuelta y salió del bar. Sabía que

aquellas palabras reflejaban exactamente lo que ella creía que era.

Un mentiroso.

Maggie siguió a Matt hasta el aparcamiento.

Lo encontró a gatas junto al Maserati. Estaba vomitando.

—Dios mío —dijo ella.

—Lárgate.

Maggie buscó unos pañuelos de papel en el bolso y se agachó junto a él.

Matt tomó los pañuelos, se limpió la boca y se sentó en el suelo apoyado en el costado del coche.

—Recuérdame que no vuelva a fumar —sus ojos reflejaban un humor amargo—. Qué asco... Demasiado para la representación de tipo duro, ¿eh?

—¿Quieres que te lleve a casa? —le preguntó Maggie.

—No, estoy bien. Hacía mucho tiempo que no... fumaba y se me ha revuelto el estómago.

—Ha sido impresionante. Lo de parar la máquina de discos de esa manera...

—¿Me he excedido?

—No —contestó ella mientras empezaba a llorar—. Ha sido perfecto.

—Yo ya no soy ese.

Maggie asintió con la cabeza.

—Lo sé, lo sé —no podía mirarlo. En su cabeza sólo oía que él no quería saber nada de ella—. Matt, ¿me perdonarás alguna vez?

—Lo pensaré.

Matt se levantó, abrió la puerta del coche, agarró una botella de agua que llevaba en la guantera, se aclaró la boca y la escupió.

Ella se secó la cara y los ojos.

—Stevie me ha dicho que estás trabajando en algo...

Matt la miró.

—Sí. Bueno... preferiría no usar nuestro matrimonio para conseguir esto. Quiero decir, si no hay otro remedio, lo haría, hay muchos puestos de trabajo en juego, pero no me casé contigo por el maldito codicilo. No sabía que lo tenía en el maletín.

—Lo sé. Lo siento muchísimo.

—¿Has hablado con Vanessa? —le preguntó Matt.

—No —contestó ella.

—¿Has llamado al hospital? Les he autorizado para que te den toda la información que quieras.

—No —repitió ella.

Matt se sorprendió.

—¿No quieres una prueba...? —Matt se rió—.

¿Te ha dicho Stevie en lo que estoy trabajando?

—Stevie no sabe en qué estás trabajando. Me dijo que estás haciendo algo y que seguramente necesitarías ayuda legal

Matt intentaba resultar desenfadado, pero le estaba costando muchísimo.

—Entonces, de repente me crees. Sin más explicaciones.

—Ha sido por algo que me dijo Stevie esta noche —reconoció Maggie—. Me recordó que yo te conocía. Matt, por favor, perdóname. He dicho cosas espantosas.

Lo miró a los ojos y se vio reflejada en ellos. Aquel era su sitio y tenía que hacer cualquier cosa para seguir allí.

Matt la abrazó y ella rompió a llorar otra vez.

—Vaya, haga lo que haga, te pones a llorar.

Maggie lo miró.

—Estoy completamente enamorada de ti y me moriré si no me perdonas.

Los ojos de Matt se llenaron de lágrimas, pasión y vida a la vez. La abrazó con más fuerza y se rió.

—Bueno, me parece que no me va aquedar más remedio que perdonarte.

—Dijiste que te lo pensarías.

—Era broma —se rió—. Si me fallaba esto

esta noche, iba a ir a California para hacer que el médico te persiguiera hasta que me creyeras. Iba a hacerme una prueba con un detector de mentiras. Iba a...

—Te quiero, Matt. ¿Tú me quieres todavía?

—Para siempre jamás —le prometió él.

Maggie iba a besarlo, pero él apartó la cabeza.

—No voy a besarte, acabo de vomitar, pero si quieres venir a casa y me das tiempo para lavarme los dientes...

Ella lo abrazó.

—Creía que había prometido amarte en la salud y en la enfermedad...

Matt se rió.

—Adelante.

Maggie lo besó y luego fueron a casa.

Capítulo Catorce

Maggie se despertó y se encontró a Matt que estaba leyendo los documentos de una carpeta.

Eran las cinco y media.

—Hola —le dijo Matt con una sonrisa.

Le preguntó.

—¿Has dormido algo?

Matt negó con la cabeza.

—Creo que me daba miedo dormirme y que al despertarme hubieras desaparecido como un sueño.

—No lo es.

Matt le pasó la carpeta.

—¿Estás sufcientemente despierta como para ponerte la toga de abogada?

Maggie se sentó con la almohada en la espalda.

—Me parece que mi toga de abogada ha desaparecido con el resto de mi ropa.

Matt sonrió.

—Ya que me he propuesto ser completamente sincero, creo que tendría que decirte que me parece muy decadente que me asesores legalmente cuando estás completamente desnuda.

—¿Tengo que llamarte señor Stone?

Maggie abrió la carpeta, echó una ojeada y...

Cerró la carpeta y miró a Matt.

—¿Lo dices en serio?

Él asintió con la cabeza.

Maggie volvió a abrir la carpeta. Matt había esbozado su plan para mejorar la empresa. Incluía guardería y gimnasio. Así como la propiedad compartida de la empresa entre todos los empleados, desde el director hasta el personal de limpieza.

—¿Te propones dar el veinticinco por ciento de la empresa a los empleados? —Maggie lo miró—. Estás... regalándosela.

Matt se encogió de hombros.

—Ellos son los que han trabajado para sacarla adelante. ¿Puedes imaginarte lo que trabajarán si además es suya?

Maggie siguió ojeando las notas.

—¿Esto? Un programa de becas...

—Se financiará mediante la venta de algunas cosas de mi padre. Solo voy a quedarme con dos coches. ¿Para qué quiero doce? Algunos son antigüedades que deben de valer un montón de dinero. Voy a crear una fundación. He hecho algunos números preliminares, pero estoy casi seguro de que si meto el grueso de la herencia en la fundación, cada año recibirá unos tres millones de dólares en intereses, para repartir.

—Tú dirigirás la fundación.

—Contigo —dijo él—. Si aceptas tu nuevo cargo.

Maggie lo miró.

—Matt es...

—¿Un disparate? —se encogió de hombros—. En realidad, nunca quise el dinero de mi padre; te lo dije desde el principio. Intentaba salvar la empresa. Quiero decir, tampoco me entiendas mal, mi veinticinco por ciento me vendrá muy bien. No voy a regalarla toda.

Maggie cerró la carpeta.

—Bueno —frunció un poco el ceño—. Creo que mi consejo como abogada es que lo intentemos. No te puedo asegurar que el tribunal vaya a considerarlo como la mejora que buscaba tu padre, pero creo que puedo defenderlo bien. Además, tenemos el recurso de nuestro certificado de matrimonio. Ya sé que no quieres usarlo, pero como tú dijiste: lo importante son los puestos de trabajo de esa gente.

Maggie agarró un bolígrafo y empezó a tomar notas en un cuaderno. Matt le quitó las dos cosas y la besó.

—Podemos pulir los detalles luego. Ahora

me gustaría que fueras por mi maletín y comprobaras que no hay más sorpresas desagradables dentro —volvió a besarla—. ¿Lo harías por mí?

—No hace falta —le contestó Maggie.

—Pero yo quiero que lo hagas.

—Lo haré más tarde.

El maletín estaba lleno de rosas.

Rosas y su historial médico del hospital de California.

También había escrito una explicación del episodio con Vanessa en Wildwood.

Además, había una nota de Dan Fowler en la que se disculpaba por haber inducido a error a Maggie y explicaba que Matt había exigido al hospital que toda la información sobre su enfermedad había que solicitarla por escrito.

Para terminar, encontró un correo electrónico de Angie:

«Querida Maggie, Matt me mandó un correo electrónico hace unos días. Lo he estado pensando y he llegado a la extraordinaria conclusión de que estaba equivocada.

No voy a contarte todo lo que me decía Mattew no quiero que se te suba a la cabeza, pero creo que te quiere sinceramente. Te quiere desde hace mucho tiempo y creo que soy la culpable de que no os unierais antes.

Tenías razón, yo estaba celosa. Incluso ahora, incluso casada con Freddy y enamorada de él. Soy una mala persona; si yo no podía quedarme con Matt, tampoco quería que te lo quedaras tú. Creo que ya en el instituto yo sabía que sus sentimientos hacia ti eran superiores a la relación que tenía conmigo. Creo que me daba miedo que si Matt y tú estabais juntos no dejaríais nada para mí.

Ahora sé que eso no es verdad. Quiero a Freddy tanto como Matt te quiere a ti y ese amor es como el fuego. Nunca deja de extenderse, cada vez arde con más fuerza y calor.

Siento mucho todo lo que te dije. Espero que seas capaz de perdonarme.

Sé que lo harás. Te conozco y sé que ya me has perdonado. Eres muy fácil de convencer. Tienes que mejorar eso.

Puedes aborrecerme otra semana, ya sé que soy una mala pécora, pero luego, llámame y dime que me quieres, ¿de acuerdo?

Yo te quiero.

Angie.»

Maggie levantó la mirada y vio a Matt en la puerta de la oficina.

—No necesitaba nada de esto —le dijo Maggie—. No necesitaba ni pruebas ni autorizaciones de nadie para...

–Lo sé –dijo él.

Maggie miró en todos los departamentos del maletín, pero estaban vacíos.

–No hay nada más –le aseguró Matt.

–¿Estás seguro?

–¿He olvidado algo?

–Estaba segura de que me pedirías... –Maggie se levantó–. Entonces, tendré que pedírtelo yo –tomó una rosa del maletín, fue a donde estaba él e hincó una rodilla en el suelo–. Matt, ¿no te descasarás de mí?

Él se rió.

Ella también, pero Matt pudo ver en sus ojos que no lo preguntaba completamente en broma.

–Maggie... –él también se arrodilló y la besó–. No –contestó antes de mirarla con gesto serio–. Espera, será mejor que lo consulte con mi abogado. La pregunta era bastante complicada. No, no me descasaré de ti –lo pensó–. No, rotundamente, no.

Maggie lo besó en la cara, el cuello, las mejillas, pero se detuvo a unos milímetros de sus labios.

–Quiero mi anillo de boda –dijo ella.

La besó con adoración y metió la mano en el bolsillo. Llevaba el estuche desde hacía varios días con la esperanza...

Abrió el estuche y sacó los dos anillos de oro. El de ella era muy pequeño y delicado en comparación con el de él, pero ambos estaban grabados por dentro con la misma inscripción: *Maggie y Matt. Para siempre.*

Maggie miró a Matt mientras él le tomaba la mano. Tenía un expresión seria, pero los ojos eran cariñosos. Maggie sintió como si el mundo se desvaneciera y ella se sumergiera en aquellos ojos.

–Prometí que te querría siempre –dijo él en voz baja.

Le puso el anillo

Ella miró las manos entrelazadas y supo que nunca más dudaría de él. Daba igual lo que les deparara el futuro, ella estaría junto a Matt.

Maggie extendió la mano y Matt le dejó su anillo en la palma. Era grande y sólido, como él.

–Matt... –dijo ella con cierto titubeo–. Yo también te mentí –hizo un esfuerzo para mirarlo–. Mentí cuando dije que ya no te quería. Estaba furiosa y quería dejar de quererte, pero... no pude.

–Los dos hemos dicho muchas cosas –le consoló Matt–. No pasa nada.

–Quería que supieras que no he roto mi promesa. Yo también prometí quererte siempre y es una promesa que pienso mantener.

Le puso el anillo y le besó la palma de la mano.

—Estoy completamente enamorado de ti –le dijo Matt con una sonrisa a pesar del brillo de emoción que tenía en los ojos– y me moriré si no me besas en este preciso instante.

Maggie se rió y lo besó, lo besó, para siempre.